プレーボール!

～プロ野球審判員物語～

中原まこと
NAKAHARA Makoto

文芸社

この物語に登場する人物、団体は、
すべてフィクションである。

目次

第一章　アツオ

1991（平成3）年5月10日の東京ドーム。

ファイヤーズ対オリオルズ6回戦は7回裏。1アウト、ランナー一、二塁。ファイヤーズのチャンスを迎えていた。

この時点でオリオルズは3点リードしていたが、一発が出れば同点に追いつかれる。

オリオルズの右腕が勝負球を投じた。ファイヤーズの外国人バッターは内角低めに来たその球を見送った。

球審・玉崎《たまさき》の目が、マスク越しにきらりと光った。

「ボール！」

玉崎の野太い地声が響いた。観客がどよめくより早く、三塁側ベンチからオリオルズ監督の金田《かねだ》が血相を変えて飛び出した。

偉大な400勝投手として知られ、オリオルズで采配を振るい、74年には日本一に輝いたこともある。だが91年のこのシーズンは開幕当初からBクラスに低迷していた。

そんな事情が金田をさらにエキサイトさせたのかもしれない。ギョロリと目をむき、玉崎に迫ると、独特の甲高い声で叫んだ。

「どこ見とんじゃ、バカヤロー！」

その一言に、玉崎もカッとなった。

たしかに利口ではない。だが、バカヤローとののしられるいわれはない。こう見えても六大学を目指したことも。ただし現役では全滅だったけど。でもその後一念発起して……いや、そんな反論をしている場合ではない。

問題は今の判定。あの一球は間違いなくボール半分外れていた。

玉崎はサッと三塁側ベンチを指さし、金田の抗議を跳ね返すように宣告した。

「退場！」

スタンドからはさらに大きなヤジが浴びせられ、メガホンが投げ込まれ、金田は執拗に抗議を続けた。

35歳、審判歴9年目の玉崎は全身の血管が脈打つのを感じながら、それでも一歩も退かない覚悟を決めていた。

それは玉崎がプロ野球審判員として、一軍戦で宣告した退場第1号だった。

その夜、玉崎の自宅で妻の沙織がテレビのスイッチを入れた。

「お父さんだ！」

10歳と7歳の息子2人が声をそろえて叫んだ。そろそろ帰宅するはずの夫と、彼に肉薄する金田。2人の男が、画面いっぱいにアップで映し出されている。

Nステーションのスポーツコーナー。担当アナウンサーが「球審の退場宣告に、金田監督はさらにヒートアップ」と、興奮気味にまくし立てた。

「やらかしちゃってる……」

沙織の胸が、不安で締めつけられた。

試合はすでに終わっているとのことだったが、いまごろきっと夫は球場内の審判室で報告書を書かされているに違いない。

もしかして処分対象になったりはしないだろうか。審判員というのは、1年ごとに契約更改するシステム。となると来年は二軍降格も考えられる。

決して平坦ではない道を歩んでようやくここまで来たというのに。その苦労が「退場」をきっかけに吹き飛んでしまうかもしれない。

その夜のテーブルの上には普段以上のご馳走が並んでいた。2人の息子も手伝ってくれて、室内にはささやかだが心のこもったデコレーションがほどこされていた。あとは夫の帰りを待つだけ。

だが、審判室で報告書の作成に追われた夫は、日付が変わるまで帰ってこなかった。玉崎が退場第1号を宣告したその日は、沙織の36回目の誕生日だった。

1955（昭和30）年7月2日。

新潟県高田市（現上越市）でガソリンスタンドを営む玉崎家の4人きょうだいの末っ子として、彼はこの世に生を受けた。

9か月で産気づき、慌てて助産師さんに来てもらったが、取り上げてみれば4300グラムという立派すぎるほどの新生児だった。

体重だけでなく産声もとてつもない声量で、その瞬間、庭先の蝉時雨が一瞬静まった。

その声を生かして、「将来はオペラ歌手に」と母親が言うと、父親は「オペラなんてうちのガラじゃない。セリの仲買人一択だ」と反論した。そんな諍《いさか》いさえ2人には楽しかった。

「名前、どうしましょう」

「それなら、もう考えてる」

父親が墨汁をたっぷりしみこませた筆を執り、半紙に黒々としたためた。

「陽生……ヨウセイですか？」

「いや、アツオと読ませる」

シベリア帰りの父親が、息子にはあの極寒の日々と真逆の、夏の太陽のように明るい人生を送ってほしいと願いを込めて考えた名前だった。母親も、もちろん大賛成だった。両親の願いどおり、陽生は真っ黒に日焼けした元気いっぱいの少年に育った。

時代は「巨人、大鵬、卵焼き」。中学に入ると、陽生は迷うことなく野球部に入部。1年生の秋から正捕手に定着した。陽生の胸には、このころから王や長嶋のようなプロ野球選手になりたいという夢が芽生え始めていた。

陽生が野球とともに熱中したもう一つのものに、読書がある。小さなころから兄や姉の本を借りては読みふけり、中学になると自分で文章も書くようになっていた。

『玉崎陽生・白球に生きる』。そんなタイトルの大学ノートに自分の半生を記し、いずれプロ野球で活躍ののち引退した暁には、自叙伝を出版するのだと勝手な妄想を抱いていた。

新潟県立高田高校に入学すると、合格発表翌日には野球部の門をたたいた。

ちなみに高田高校はその当時で創立およそ100年、野球部も80年近く。にもかかわらず甲子園には一度もコマを進めたことがない。それを象徴するように、陽生が入部した時点で野球部員はわずかに6名だった。

その後、懸命の勧誘作戦で部員もどうにか15名に届き、全員がベンチ入りして県大会に臨んだ。すると、とんとん拍子。なんとベスト8に進出した。そんな経緯も『玉崎陽生・白球に生きる』に克明に記した。

この調子で頑張れば甲子園も夢じゃない。希望に胸を膨らませた陽生だったが、1年、2年とたつうちにチームメイトがぽつりぽつりと脱落していった。最後の夏はベンチにギリギリの9人。二回戦コールド負けに終わった。

「俺たちの青春は終わったな」

チームメイトがため息まじりにつぶやく中で、陽生1人、前を向いていた。

「俺は、なにも終わったと思ってない」

「お前、まさかまだプロ野球選手の夢を」

「うん。根拠はないけど、自信はある」

「確かに、俺たちが1本も打ったことがないホームランをお前は3本もかっ飛ばしたもんな。けど、こんな無名校の野球部員が、プロ野球選手なんかに……」

「まぁ見てなよ。作戦があるんだ」

陽生の作戦とは、東京六大学のどこかに進学し、神宮で活躍してスカウトの目に留まる――というものだった。

進路相談で担任にその秘策を明かすと、「バカも休み休み言え」と一蹴された。

東大は論外として、それ以外の五大学の合格率も、全国模試の結果は20パーセント。

「でも、20×5で100パーセント。合格間違いなしです」

そんな反論をしてみたものの、もちろん翌春の受験結果は「サクラチル」で全滅した。

だが、陽生はまったくくじけていなかった。

陽生の生まれ年である1955（昭和30）年は、野球界にとって何十年に一度の当たり年だった。江川、掛布、達川など、高校時代から全国に名を馳せた有名選手がひしめき合っている。

そんなキラ星たちと同じ舞台でしのぎを削りたい。そのためには六大学野球で活躍して、プロ野球入りを実現するしかない。

3月、マスコットバットと硬球をボストンバッグに詰めて、陽生は上京した。新宿にある予備校に通うためである。四畳半、風呂なし共同トイレの代田橋のアパートで、生まれて初めて一人暮らしを始めた。

最初の頃こそ、物珍しさから東京タワーに上ったり、後楽園球場でジャイアンズ戦を観戦したり、それなりに都会生活を満喫していた。

だが電車など修学旅行でしか乗ったことのない田舎育ち。そんな自分が毎日のように満員電車に揺られ、雑踏の中で人や車に追われ、見上げれば空は高層ビルにさえぎられている。

「ダメだ、息もできない……」

1か月もたたないうちに、陽生は大都会にすっかり疲れ果ててしまった。

ゴールデンウィークが訪れたころ、小さな書店の店先で、陽生はふと受験雑誌の螢雪時代を手に取った。そのグラビアページに大自然あふれるキャンパスが紹介されていた。

春はエンレイソウの可憐な花が風に揺れ、夏はポプラがすっくと空に向かって立ち、秋は足早の紅葉の下で大学祭が開かれ、冬は身の引き締まるほどの雪化粧に覆われる。

「星影冴かに光れる北を　人の世の清き国ぞとあこがれぬ」

寮歌「都ぞ弥生」の一節も添えられていた。

雷に打たれたように、陽生はしばしそのページに見入り、熱い思いに胸を高鳴らせた。

「お父さん、陽生からこんな手紙が」

実家に届いた手紙に仰天した母親が、すぐにガソリンスタンドまで自転車を飛ばした。

父親の目に、いきなり筆圧の強い大きな文字が飛び込んできた。

「北大生になるまでは、家の敷居はまたぎません」

父親は目をしばたたいた。

「北大って国立一期校の、旧帝大の、北海道大学のことか」

「だと思います」

「あいつ、六大学の私学志望だったんじゃ」

ほんの1か月前、マスコットバットと硬球をボストンバッグに入れて上京した陽生は、確かにそう言っていた。

「でも東京は向いてないと気づいて、方向転換したってことか」

「だけど、あの子の成績で北大なんて。陽生は一生ここには帰ってこれませんよ」

「あいつは4人きょうだいの末っ子。はっきりいって甘えん坊のヘタレ。そんな陽生が、本当に行きたい大学を見つけた。だからこそ、ここまで覚悟を決めたんだろ」

父親は、息子なりに成長していることを感じ取っていた。

東京の私学から国立の北大に志望を切り替えたことで、陽生の受験勉強はとてつもなくハードルが上がった。まず、科目数が3科目から6科目へと倍増した。過去問に取り組むと、どれもハイレベルで歯が立たない。

それでも、やるしかないのだ。四畳半のアパートの壁に、陽生はスローガンを大書した模造紙を貼った。

「1日最低10時間勉強するぞ！」

すぐに10を消し、12に書きかえた。絶望的とも思えるチャレンジを始めた陽生だったが、夏に差し掛かるころには「野球より簡単かも」という手ごたえを感じるようになった。

「1日千回素振りをしても、試合で必ずヒットを打てるとは限らない。でも受験勉強はやればやるだけ着実に成績が上がっていく」

秋が過ぎ、冬になり、年が暮れる。手紙で両親に告げたとおり、正月も陽生は四畳半にこもりっきり。実家の敷居はまたがなかった。

寒さの種類が違った。

新潟育ちで、それなりに冬には慣れていたつもりだったが、上野発の夜行列車、青函連絡船、函館本線と乗り継いで、ようやくたどり着いた札幌の街は、3月に入ってもまだ圧倒的な寒気に支配されていた。

迎えた受験本番。1科目目の英語に臨んだ途端、手が震えた。長文が全く分からない。周りからはすらすらと解答を記入するシャーペンの音がする。新潟の両親には、受験するのは北大一本。もしも失敗したら、その時は就職しますと手紙で宣言していた。

一度、目を瞑り、4畳半のアパートを思い出した。「そうだ。俺は毎日12時間勉強を欠かさず続けてきたのだ」。ゆっくりと目を開き、長文を読み始めた。今度は不思議なほど、その内容が頭に入ってきた。

受験を終えて代田橋のアパートに戻った陽生を追いかけるように、電報が届いた。その文面を、陽生は二度三度と読み返した。

「エルムノソノニハナヒラク」

心の中で、その意味を読み解いた。

「エルムの園に花開く」

10円玉を握り締めると、街角の電話ボックスに駆け込んだ。

「やったよ。合格した！」

実家で陽生の声を聞いた母親は、受話器を置くとすぐ、ガソリンスタンドに自転車を走らせた。

「お父さん、陽生が帰ってきますよ！」

第二章　遠距離恋愛

「沙織さん、お元気ですか。青山学院を現役で合格したあなたは、すでに東京暮らしも2年目に突入。きっと大都会で、はつらつと輝いているのでしょうね。一方、一浪してようやく北大に受かった俺は、まだまだ新参者。でも昼間は勉学に励み、夕方からはポプラ並木の奥にある野球部のグラウンドで気持ちのいい汗を流しています。

ところで、うれしい誤算というか北大野球部は国立らしからぬ強豪で、昨シーズンなどはあと一息で道大会を突破するところだったそうです。全道代表になればあこがれの聖地・神宮で開催される大学選手権に出場できます。そこで活躍することが、俺の新しい目標になりました。東京六大学はかなわなかったけど、北海道経由で神宮にコマを進め、そこでスカウトの目に留まる。俺の人生に、にわかに光が差してきました。次はもっとたくましい俺になって、沙織さんと再会する所存です。その日を楽しみにしていてください」

全員が運動部員で占められている北大桑園《そうえん》寮。その汗臭い一室。窓際の小さな机の前で、陽生は手紙をしたためている。

「その日を楽しみにしていてください……か」

相部屋の小野寺が肩越しに便箋をのぞき込んで言った。声に、からかいと親しみの笑いがまざっている。

「のぞき見するなよ」

陽生は便箋を両手で覆う。

「このところ、毎週書いてるな。相手は中学の同級生ってとこか」

小野寺博、農学部志望の野球部員。技術はさほどでもないが、相手チームの作戦を見抜いたり、試合展開を先読みすることにかけては誰より長《た》けている。

「なんでわかる」

「だって、お盆で帰省してからだろ。毎週書くようになったの」

図星だった。この夏、中学の同窓会が故郷の上越市（旧高田市）で開催された。一次会の会場は市民文化センター。立食パーティーが始まってすぐ、陽生は少し小柄な女性に声をかけられた。

「玉崎君、久しぶり」

振り返った陽生は、思わず息をのんだ。

「五十嵐沙織。忘れちゃった？」

「一瞬、わからなかったよ。だって、セーラー服姿しか見たことなかったから」

襟先がツンととがった白いブラウスには小さな花柄があしらわれ、ベルボトムのジーンズが、引き締まったウエストと足のラインの美しさを強調している。

「すごいな。すっかり東京のお嬢さんになっちゃって」

「からかわねぇでくんなせ」

沙織が新潟弁で返して陽生の二の腕を軽く叩いた。その瞬間、陽生の心に灯《ひ》がともった。

中学時代、沙織のことは遠くから見ていた。

吹奏楽部で活躍する彼女は憧れだった。だが、声をかけたことはない。何しろライバルが大勢いたし、陽生は硬派を自認していたからだ。

その彼女と、同窓会で急接近した。しかも、東京の住所まで教えてもらった。

「たまに、手紙でも書くから」

陽生は、手渡されたメモを横目で見ながら、何気ない素振《そぶ》りを懸命に装った。

「しかも、速達で出してるだろ」

小野寺が、またもからかうように言った。

「なんで、知ってるんだよ」

「だって、郵便局の窓口で、あのちょっと太めのおばちゃん局員に大きな声で『速達でお願いします！』って言ってるじゃないか」

「あとをつけてたのかよ」

「まさか。俺もたまたま局に行く用事があって、見かけただけさ。で、なんで速達なんだ」

「それはまぁ、少しでも早く読んでもらいたいから」

「いいな。そこまで純情一途になれるなんて」

小野寺は陽生の背中をポンとたたくと、部屋の反対側にある古びたベッドにゴロンと横になり、すぐに寝息を立て始めた。陽生と違って華奢な小野寺にとって、野球部の毎日は相当の消耗だったのかもしれない。

1年が過ぎ新入生を迎え、陽生にも後輩部員ができた。だが、相変わらず練習時間の大半は外野の後ろで球拾い。試合中はスタンドで応援団のように大声を上げ、終わればトンボでグラウンド整備……。

「なぁ、俺たち、野球部に入ったんだよな」

夕暮れ時の桑園寮前。小野寺とキャッチボールをしながら、陽生は口をとがらせていた。

「もちろんじゃないか」

小野寺が陽生のボールを受け取り、また投げ返す。その顔に、いつものかすかなからかいと親しみの笑みが浮かんでいる。

「球拾い部とか、応援団とかじゃないよな」

「何が言いたいんだ」

「こんな毎日で、お前は不満ないのか」

残照の中を白球が行き来している。

「でも、野球って9人だけでやるもんじゃないと思うんだ。たとえばバッティングピッチャーとか、ブルペン捕手とか、マネジャーとか……そういう人がいなきゃ、チームは成り立たない。っていうか、そういう人たちを含む全員が大家族のように力を合わせる。それがチームってもんじゃないのかな。だから、俺たちの毎日にも意味はある」

「たしかに、どストレートの正論だけど……ちょっときれいごとすぎないか？」

陽生は低めのボールをすくい上げると、素早くアンダースローで小野寺に投げ返した。

「とはいえ、小野寺君の言葉は俺の胸に残り続けています。たしかに野球は9人だけでやるものじゃない。でも、やはりその9人に入りたい。葛藤を抱え日々、悶々としながら、汗と土にまみれている俺です」

その夜、陽生は沙織にまた手紙を書き、翌朝郵便局に行った。

「よく毎週毎週続くねぇ。初恋の人とは実らないっていうけど、私は応援してるよ」

速達のスタンプをドンと力強く押しながら、太めのおばちゃん局員はうなずいた。

「それで、たまには返事とか来るのかい」

「はい。たまには……」

陽生が毎週なら、沙織からは月に一度あるかないかだった。

それでも、「私は誘惑の多い東京で暮らしていますが、わき目も振らずに英文学に打ち込んでいます。というのも、玉崎君が北大野球部で頑張っているから」などという返信が来ると、陽生は天にも昇る気持ちになった。

北の早慶戦——北大VS小樽商科大戦は、そう呼ばれていた。互いのプライドをかけた、絶対負けられない一戦。6月中旬のその試合で、陽生は初めてベンチ入りを許された。

「まぁ主力が軒並み風邪でダウンしちまったからな」

試合前、監督からそう告げられた。理由はともかく、陽生は全身の血がたぎった。

だが残念ながら、スタメンに名を連ねることはできなかった。しかも、緊迫した展開で試合はあっという間に9回表。北大最後の攻撃が始まっていた。

「出番なし、で終わりそうだな」

陽生と同じように、この日ベンチ入りを許された小野寺が隣でつぶやいた。もっとも、彼の役割はもっぱらスコアラーだった。

「ピンチヒッター玉崎」

突然、監督の声が響いた。陽生はばね仕掛けの人形のように立ち上がった。

1点ビハインドの最終回表、2アウトでランナーは二、三塁。ベンチを出る陽生の尻を、小野寺が思いきりひっぱたいた。

「彼女のためにも、一発打てよ」

続けて監督が耳打ちした。

「お前が毎朝毎晩、寮の庭で素振りしていることは知っている。細かいこと考えず、とにかく思いきり振っていけ」

小樽商科大の本格派右腕が、真っ向勝負の速球を投げ込んできた。内角高め。見送れば完全なボール。だが、それは陽生の最も得意とするゾーンだった。バットを一閃すると、ライナー性の打球がレフト線に飛び、ファウルラインぎりぎり内側に突き刺さった。

「やった、逆転タイムリーだ！」

ベンチで小野寺が小躍りして叫んだ。

一塁を蹴って二塁を目指す陽生の視界のすみに、ホームベースに生還する2人の走者が映った。

フェンス際で打球を抑えた相手レフトから、中継のショートを経てセカンドにボールが送られてきた。セカンドのグラブをかいくぐって、陽生は猛然と滑り込んだ。


「バカだな。お前は」

北大病院の外科病棟。右足首をギプスで固めた陽生を見て、小野寺が肩をすくめた。

「無理に二塁なんか狙わなくても、走者が2人かえったんだから、それで十分だったんじゃないのか」

確かにそうかもしれない。二塁に滑り込んだ拍子に陽生は足首を骨折し、その痛みに悶絶しているところをタッチされてアウト。

とはいえ、その前に2人のランナーが生還し、その裏をゼロで抑えて北大は逆転勝ちを収めることができたのだが……。

「これ、出しといてくれよ」

陽生が、照れくさそうに封書を小野寺に差し出した。そこには「沙織さん、俺は逆転劇のヒーローになりました。初打席で走者2人をかえすタイムリーヒット。前途洋洋です」とだけ記し、ケガのことには触れなかった。

いつものように、からかいと親しみを込めた笑みを浮かべて小野寺は言った。

「もちろん速達で」

第三章　二百通目の手紙

2年間の教養課程を履修した陽生は、希望どおり文学部に進むことができた。日本の近世文学が、陽生にとってもっとも興味ある分野だった。

だが、それ以上にのめりこんだのは、やはり野球。3年になると、ピッチャーに抜擢された。細かいコントロールはないが、地肩に任せて投げ込む速球は、適度な荒れ球となって相手を翻弄した。

最終学年になり、卒業後の進路に周りが浮き足立つ頃、陽生はまだプロ野球選手を諦めていなかった。

「ほぼ、0パーセントだろ」

小野寺が歯に衣着せず、陽生に言った。

「わかってる。けど、合宿明けを見ていろよ」

春の遅い札幌を避け、桜満開の千葉で行われた合宿で、陽生は誰よりも走りこんだ。ウエートトレーニングにも励んだ。

その成果が、北海道六大学春季リーグ戦ですぐに表れた。開幕戦で先発完投。味方の援護もあって、いきなり勝利投手になった。

「これで、0から1パーセントぐらいにはなったろ」

夏が過ぎ、足早に秋が訪れた。いよいよ卒業後の進路を決めなければならない。それでもなお、陽生は野球以外考えられなかった。

神宮大会予選を兼ねた全道大会。陽生は懸命に投げ、打ち、走った。だが、力及ばず。北大野球部は道代表に届かなかった。

神宮で活躍して、スカウトの目に留まるという陽生のプランは頓挫した。

「いい加減、進路を決めないと、就職浪人になるぞ」

すでに道庁に採用されている小野寺は、我がことのように陽生の将来を心配してくれた。

「ドラフト会議までは待ってみるさ」

「バカがつくほど、野球が好きなんだな」

「だって、面白いじゃないか」

一生懸命練習し、チーム一丸となって正々堂々と戦い、勝利を収めることのなんと気持ちのいいことか。仮に敗れても、それを潔く受け止める清々しさは、何事にもかえがたい。

「だから俺は野球で飯を食っていきたいんだ」

10月下旬。ドラフト会議当日、洗いたての学生服を着て、陽生は桑園寮の食堂に設置されているテレビの前で正座して待った。だが、彼の名前が呼ばれることはなかった。

「残念だったな」

「99パーセントは覚悟してたから仕方ないさ」

さばさばした顔で答えた陽生だったが、その目じりに涙が一粒にじんでいたことを、小野寺は見逃さなかった。

その翌日、沙織から手紙が届いた。ドラフト会議のショックが少しは癒されると期待して封を開けた陽生だったが、読み始めた途端、顔色が変わった。

「父が、くも膜下出血で亡くなりました。私は東京でのOL生活をやめて、新潟に戻って家業の手伝いをするつもりです」

一浪して北大に受かった陽生と違って、沙織は現役で大学合格し、すでに社会人としての生活を始めていた。だが、父親の突然の他界で、人生を大きく方向転換せざるを得なくなった。そのことを、彼女はこれっぽっちも嘆いてはいなかった。むしろ気丈なまでに冷静な文面だった。だが、紙背に漂う寂しさと悲しさが、陽生には痛いほどわかった。

年を取ってからできた娘だっただけに父親は溺愛して憚らず、彼女もまた父親に対しては深い信頼と愛情を寄せていた。

「沙織さん、さぞ力を落とされていることでしょう。今は悲しみの真っ只中。俺がいくら言葉をかけても、届かないかもしれません。それでも俺は沙織さんに伝えたいことがあります。これからは、俺が沙織さんを守ります」

そこまで書いて、陽生はふと手を止めた。一体どうやって守るというのか。就職も決まっていないこの俺が……。

悶々と悩む陽生はその日、大学図書館で井原西鶴の作品に目を通していた。卒論のテーマに、西鶴の世界観を選んでいたからだ。だが、さっぱり頭に入ってこない。ふと、新聞閲覧コーナーに目が行った。その前に立ち、しばらく紙面を斜め読みしていた。すると、不意に体の中で何かが爆《は》ぜた。

「これだ！」

野球選手にはなれなかったが、それを伝える側になら、なれるかもしれない。陽生の目が釘付けになっていたのは、スポーツ紙の求人広告だった。

受けるならニッカンスポーツ。その当時としては珍しいインパクトのある青い見出しがスタイリッシュだったし、スポーツ紙としての地位もトップクラス。そこでプロ野球担当記者になり、名だたる選手のコメントを取って記事にする。文学部で鍛えられた筆力も、きっと武器になるはずだ。

それに、何より生活が安定する。沙織を幸せにすることができる。意気揚々と、陽生は入社試験に臨んだ。

なんと300人近い受験者がいた。だが、根拠のない自信を引っ提げて、四谷の上智大学で行われた一次も、築地の本社に場所を移した二次も突破し、最終面接にも合格。わずか7人の枠に滑り込むことができたのである。

「沙織さん、野球選手になることは叶いませんでしたが、スポーツ新聞の記者として、これからも野球の世界で生きていく所存です。どうか、こんな俺と人生を共にしてくれませんか」

陽生の出した、それは200通目の手紙だった。日を置かずに、返事が届いた。

「就職おめでとう。玉崎君は誰よりも野球を愛しているし、書くことが大好きだから、きっと記者として成功するに違いありません。そんな玉崎君と、笑顔の毎日が送れたらどんなに幸せなことでしょう」

卒業式を終えてすぐ、陽生は札幌駅から特急北斗に乗車した。プラットホームには、小野寺をはじめ野球部員たちが整列し、「都ぞ弥生」を斉唱してくれた。

プロ野球選手になるという最大の夢は叶えられなかったが、スポーツ新聞の記者になれる。しかも初恋の沙織との結婚生活が待っている。陽生の胸には一点の曇りもなかった。

第四章　直訴

「なぜ、販売局なんですか」

ニッカンスポーツに入社し、結婚式の日取りや新居も決め、プロ野球担当記者としての人生がこれから始まると意気込んでいた矢先、陽生に下された辞令は販売局勤務だった。

その年の新入社員7人の中で、野球経験者は陽生1人。しかも文学部卒。記者として自分ほどふさわしい人材はいない。根拠のある自信に満ちあふれていただけに、陽生は納得できなかった。

「でもな。人間てのは誰もが好きな仕事に就けるわけじゃない。むしろ、就いた仕事を好きになる。そうは考えられないか」

上司に説得され、陽生は渋々ながら販売店回りを始めた。セールス戦略を練り、店主会でプレゼンし、時には洗剤と契約用紙をたずさえて戸別訪問に精を出した。だが、営業にはどうも向いていない自分がいる。その何よりの証拠に、実績が誰よりも低い。

「すみません。俺はやっぱりプロ野球担当記者として頑張っていきたいんです」

上司にことあるごとにアピールしたが、反応はけんもほろろだった。

「あのな、スポーツ新聞社といえど営利企業。そこには総務もあれば経理もある。販売や広告担当もいれば、印刷や配送部門もある。そういう全員の力があってようやくスポーツ新聞は読者の手元に届くんだ。そんな当たり前のことも理解しないで、花形のプロ野球担当記者になりたいなんて、10年早いんだよ」

「もちろん、それが正論なのはわかっています。かつて所属していた北大野球部でも、選手のほかに多くのスタッフがいて、はじめてチームという大家族が成り立つことは学びました。でも自分はやっぱりスタメンの9人に」

「四の五の言わず、1部でも売ってこい」

あっという間に3年近い時が経過した。その間に、長男が生まれた。

こんなふうに、サラリーマン人生を全うするのも悪くないのかもしれない。給料だって世間相場に比べればいいほうだ。そのうち少しずつ出世して、やがては販売部長ぐらいには……。陽生の心に、ふとそんな思いがよぎった。

だが、プロ野球担当になった同期入社の記事などを読むと、無性に腹が立った。俺ならもっと迫真の文章が書けるのに。

1981（昭和56）年。その年の日本シリーズはジャイアンズ対ファイヤーズだった。ジャイアンズが王手をかけて迎えた第6戦。

先発江川が9回、2アウトまで抑え、最後のバッター五十嵐を迎えた。江川の渾身の速球を、五十嵐が打ち上げた。ピッチャーフライ。

通常ならピッチャーはマウンドを離れ、野手に捕球を任せるところ、江川は近づいてくる野手を制して、みずから拝み捕りでキャッチした。日本一が決まり、普段はあまり感情を表に出さない江川が思わず万歳した。

そのシーンを販売局のテレビで見ていた陽生は、入団間もない二軍戦で江川が五十嵐から最初のホームランを浴びたことを思い出していた。

「あそこから繋がっているんだな……」

陽生は目の前のワンプレーの背後にあるものを想い、そういうストーリーを記事にできない悔しさに歯噛みした。

「よし、ジャイアンズ優勝。明日の新聞はバカ売れするぞ」

販売局の面々が口々に喜び合っている中、陽生はふとテレビ画面に違うものを見た。

「この男たち……」

そろいの濃紺のユニフォームに身を包んだ6人が、安堵と充実の表情で、バックネット方向に小走りに引き上げてくる。

「なんて、カッコいいんだ」

審判員という職業があることに、なぜ今まで気づかなかったのだろう。悔しさと希望がないまぜになったショックを受けながら、陽生の胸に新たな灯がともった。

自分は体格がいい。視力も両目1・5ある。生まれながらに声もでかい。審判員こそが天職。そのために、俺は生まれてきたといっても過言じゃない。

「でも、プロ野球の審判員て、一体どうやってなるもんなんだ」

陽生はさっそく、同期入社のプロ野球担当記者を新橋の居酒屋に誘って尋ねた。

「なんで、そんなこと聞くんだよ」

「まぁいいから」

「一番多いのは、プロ野球選手上がりってケースだな。野球を知り尽くしているし体力もある。そういう人が、球団から推薦状をもらってなる。ただ、選手としての実績がない分、現場ではナメられがちって話も聞くけどな」

「他には」

「アマチュア野球……たとえば高校や大学、あと社会人とか。そういうトップクラスで審判員として腕を磨いた人が、所属連盟の推薦状をもらって入るケース。ルールにも詳しいし、判定技術も安定してる。なまじプロ野球選手じゃなかった分、変なコンプレックスもなくていいのかもしれない」

「どっちも無理だ」

陽生は悔しそうにつぶやいた。

「あとひとつ。公募ってのがある。スポーツ新聞とかを通じて、広く一般から募るんだ」

「それなら行けるかもしれない」

「ただ、応募したからって簡単になれるわけじゃない。とてつもない倍率のテストを突破しないと」

「根拠のない自信だけはある」

「お前さっきからうわごとのようにブツブツ言ってるけど、まさか本気で……」

「で、次の公募っていつあるんだ」

「当面ないよ。ちょうど去年やったばっかりで、たしか何人か採用されたはず。だから次にあるとしても何年か先の話じゃないか」

思いきり冷や水を浴びせられ、陽生は大きなため息をついた。

「妙な夢は見ないほうが身のためだぜ。あと、今夜は当然お前のおごりだよな」

同期入社が陽生の肩をたたいて立ち上がった。


翌日、陽生は銀座六丁目にあるパシフィックリーグ事務所を訪れた
「ニッカンスポーツの玉崎陽生と申します。会長さんにお話を伺いたくて、まいりました」

陽生の名刺を受け取った受付の女性は「ニッカンスポーツ」という肩書を見て、何の疑いもなく会長につなげてくれた。

エレベーターを上がり、最上階の会長室のドアの前に立った時、陽生は緊張よりむしろここから人生が拓けるのだと、胸の高鳴りを抑えられなかった。

ノックをして入室を許されると、陽生はのっけから「審判員になりたいんです！」と、持ち前の大声で切り出した。

東大法学部を出て外務省に入省。その後総理大臣秘書官などを歴任。オリオルズ球団社長を経てパ・リーグ会長に就任している福島が、けげんな顔で陽生を見た。

「君は、取材で来たんじゃないのかね」

「いえ。実は審判員になりたくて、直訴にまいりました」

「名刺を見たところスポーツ新聞の販売局となっている。それじゃ、アマチュア野球の審判経験でもあるのかね」

「ありません」

「ルールブックを読んだことは」

「それも、まだ……」

「そんなど素人が務まるほど、甘いもんじゃないんだ。即刻帰りなさい」

烈火のごとく怒った福島の声が、陽生の頭の上に落ちた。「そこをなんとか」と、すがるように訴えたが、会長は犬でも追い払うように手を振り、二度と目を合わせようとはしなかった。

なすすべもなく会長室を辞した陽生は、これで審判員への道が全く閉ざされたことを思い知った。いや、まだセ・リーグがある。いやいや、それはない。セに比べてパのほうが、少しはハードルが低いだろうと算段しての直訴だった。それだけに、いまさらセに行ったところで何かが変わるとは思えない。

連盟事務所を後にした陽生は、ビルのウィンドウに映る自分の姿に目を留めた。

「いつの間に、こんなに下腹が……」

3年近い販売局勤め。連夜の店主たちとの飲み会。そんな生活が、陽生の体形をすっかりだらしないものにしていた。

「これじゃ、審判員なんて務まるわけがない」

街を行く男たちが皆、背筋を伸ばしさっそうと歩いているように見えた。自分のやるべき仕事に向かい、家族を支え、子供たちの範となっている。

それに引き換え俺は、一体何をやっているというのだ……。

第五章　辞　表

パ・リーグ連盟事務所でけんもほろろに拒絶された翌日、陽生は誰よりも早く出社し、あとから来た上司に1通の封書を差し出した。

「これはなんだ」

「辞表です」

「何を考えているんだ」

「プロ野球の審判員を目指します」

陽生の返事に、上司は目をしばたたかせた。

「こんなものは受け取れない」

辞表を突き返す上司に背を向け、陽生はロッカーに向かった。

「今日は私物を整理して、明日から未消化の有給休暇をいただきます」

てきぱきと私物をバッグに詰め込んでいく。その姿を横目で見て、周りの同僚たちは声を潜めてささやき合った。

「玉崎のヤツ、プロ野球担当記者になれなくて、ついにキレちまったか」

「けど審判員て、そんなに給料よかったっけ」

はち切れそうなバッグを抱えて昼前に帰宅した陽生に、沙織は言いようのない不安を覚えた。

「こんな時間に帰ってくるなんて……熱でもあるの？」

「ぜんぜん」

ダイニングテーブルをはさんで対座する陽生から事情を聞かされ、沙織は小さな悲鳴を上げた。

「なんで、そんな無茶なことを」

「先に相談したら、きっと反対されると思ったから……」

みるみる沙織の頬が紅潮し、涙があふれ出た。泣きながら怒っている。怒りながら泣いている。

「子供はまだ、小さいんですよ。これから一体どうやって暮らしていくっていうんですか」

「まずは走り込みとかやって体を鍛える。それと同時にルールブックを読み込んで……」

「そんなこと聞いてるんじゃありません。今からでも会社に戻って辞表を撤回してください」

「それは、できない……」

一歳になったばかりの長男が、隣の部屋で泣き声をあげた。スッと立ち上がった沙織に、陽生は一瞬びくりとした。何か物でも飛んでくるのではないかと身構えた。

だが沙織は一度隣室へ向かい、しばらく長男をあやしたのち、再び陽生の前に座った。その目は怒りというよりなにかひどく冷たい光をたたえていた。口調も他人行儀だった。

「販売局がイヤでも、頑張っていればいつか異動があるかもしれないじゃないですか。そうすれば念願のプロ野球担当記者にだって」

「もう、決めたんだ」

沙織の同意が得られないまま、陽生は翌日から自宅近くの商船大グラウンドで走り込みを始めた。商船大は実習が多いせいか、グラウンドに学生の姿はほとんどなく、陽生にとっては恰好のトレーニングの場となった。帰宅すると、受験勉強以来久しぶりの座学。ルールブックや審判関連書籍を読み込み、ノートをびっしりとつけた。

退路を断つつもりで、新潟の実家に電話した。突然のことに要領を得ない母親が、父親に受話器を手渡した。

「プロ野球審判員を目指すつもりで、会社を辞めました」

言い終わるか終わらないタイミングで、父親が怒鳴り声をあげた。

「大バカ者！　お前がどれぐらい凡人かってことは、この俺が一番知っている。自分の息子だからな。そんなお前が、プロ野球なんていう天才ばかりの世界に入って、通用するはずがないだろ！」

それは確かにそうかもしれない。だが選手になるわけじゃない。審判員としてなら――。

「沙織さんを泣かすことになるぞ」

もう泣かせてしまった。

「子供を満足に育てることだってできなくなるぞ」

2年あまりのシベリア抑留からようやく帰還し、雑貨の行商を足掛かりに、ついにはガソリンスタンドの経営者にまでなった。そんな父親の言葉だけに、陽生には返せない重みがのしかかってきた。それでも――。

「俺の人生なんです。やらせてください」

言い終わらないうちに電話が切られていた。

第六章　押しかけ弟子

　１９８１（昭和56）年11月末。陽生は正式に辞表を提出し、取締役室に挨拶に赴いた。

「プロ野球担当記者を希望して入社しましたが、残念ながらその願いは叶わず。しかし、野球への情熱は衰えるどころか募るばかり。で、これからの人生は審判員となって野球界に身を置きたいと決意した次第です」

　肥満体の取締役はアームチェアにふんぞり返ってフンと鼻を鳴らし、ぞんざいに言った。

「そういうバカが、たまにいるんだよ。入社してまともな実績も上げてないのに、自分の夢だけ語るバカが」

「夢じゃなくて本気なんです」

「あのな、プロ野球っていうのは、サラリーマンもまともに務まらないバカが通用するほど甘い世界じゃないんだ。お前みたいなバカが審判員なんかになれるわけがない。万に一つなれたとしても、すぐにクビになるか、挫折して辞めちまうに決まっている。そんなバカに給料払い続けるほど、うちも悠長じゃない。さっさと辞めてくれて結構だ」

慰留されるとはこれっぽっちも考えていなかったが、まさかここまで罵倒されるとは想像していなかった。

陽生は思わずこぶしを握り締めた。せめてもの腹いせにドアを壊れるほど乱暴に閉めて退室し、「こっちから願い下げだ」と、震える声で捨てぜりふを吐いた。

ランニングをしても、座学でルールブックを読んでも、陽生の耳には取締役の声がこだましていた。その声を打ち消したくて、陽生は呪文のように独り言をつぶやいた。

「見返してやる。絶対に成功してみせる」

そうはいっても、道は相変わらず閉ざされたまま。そもそも、審判員のイロハさえ自分はわかっていないのだ。

「そんなわけで、誰かに弟子入りしたいんだ」

同期入社のプロ野球担当記者をいつもの新橋の居酒屋に誘った。

「誰かにって……なんの伝手もないのか」

「実は、審判員を誰一人知らないんだ」

「あきれたやつだな」

それでも同期入社は手帳を開いて1人の審判員の名前と電話番号を教えてくれた。

「あの〝江夏の21球〟の時に球審をしていたパ・リーグを代表する審判員だ。OKしてくれるかどうかはわからないけど、まぁダメもとで当たってみろよ」


12月はプロ野球にとってシーズンオフ。

紹介された前川に電話を入れると、「うちは横浜だから、そこまで来てくれるなら」と、二つ返事で会うことを約束してくれた。

失礼のないようにとジャケットとネクタイを着用して横浜に向かった。駅の改札を出ると、そこに黒いタートルネックに臙脂《えんじ》のジャンパーを羽織った長身の男が立っていた。

「玉崎陽生と申します。お時間を取っていただいて、ありがとうございます」

緊張気味に自己紹介する陽生を、前川は柔和な笑顔で迎え、近くの喫茶店に誘った。席に着くやいなやコーヒーを注文するのももどかしく、陽生は思いの丈を前川にぶつけた。

「自分を押しかけ弟子にしてください。シーズンオフの間、前川さんに審判員のイロハを叩き込んでいただきたいんです」

陽生の目をしばらく見つめていた前川が、フッと口元を緩めて言った。

「どうやら、本気らしいな」

「はい。もう会社も辞めてしまいました。退路はどこにもありません」

「言っておくが、審判員というのは気力体力技術力、すべてがそろっていないと務まらない仕事だ。希望に胸を膨らませてこの世界に入っても、体を壊して辞めていく者もいる。メンタルがやられて脱落する者もいる。それでも頑張っていれば早くて3年、遅くとも5年もすれば一軍戦でジャッジすることができるようになる。そうなれば最初は雀の涙だった年俸も、並みのサラリーマン以上にはなる」

「失礼ですが、前川さんの年俸は」

「全然失礼な質問じゃない。プロ野球というのは年功序列ならぬ、年俸序列の世界だ。それは、選手ばかりじゃなく審判員も同様だ。いい仕事をすれば、当然年俸に反映される。ちなみに、俺の年俸は――」

金額を聞いて驚いた。一千万を優に超えているという。さすがは〝江夏の21球〟だ。世間並み以上の収入が得られるなら、沙織の不安を払拭することができる。いずれは一千万も夢じゃないと伝えれば、新潟の父親も納得してくれることだろう。

「それじゃ、今日はこれぐらいで」

席を立とうとする前川の袖をつかんで、陽生は訴えた。

「すみません。図々しいお願いですが、今からでも手ほどきしていただけませんか」

喫茶店から10分ほど歩いたところにある広々とした公園に、前川は陽生を連れていった。

「まずはランニングから」と言われ、陽生はジャケットを脱ぎ、ネクタイを外して走り始めた。スニーカーを履いてきて正解だったと小さくガッツポーズしていると、「背筋をもっと伸ばして」と指摘された。

ランニングを終えると次は基本のジェスチャーとコールの練習に移った。

前川が両足を肩幅ぐらいに開き、両手を膝頭の上に置いて、前方を見すえる。プロ野球の試合などでよく見かける審判員の体勢だ。

「これをハンズオンニーという」

「ハンズ……?」

「ハンドすなわち手を、ニーすなわち膝の上に置いた構えのことだ」

そこからスッと膝を伸ばして上体を起こすと、肘を肩より少し上に持ち上げ、腕は90度の角度を作り、こぶしを握り締めて「ヒーズアウッ」と、よく通る声でコールした。

「あの、今なんて言ったんですか」

「ゆっくり発音すればヒー・イズ・アウト。直訳すると、彼はアウトです。ただし、最後のトはほとんど言わず、ヒーズアウッとなる」

「なるほど」

「それじゃ始めるぞ。まずはゲットセット」

前川が陽生に構えを作れと指示する。ついで「コール」と前川が告げる。ばね仕掛けの人形のように陽生は上体を起こし、「ヒーズアウッ」と大声で叫んだ。

犬の散歩中の老人や、小さな子供連れの母親が目を丸くして振り返る。中には眉をひそめてひそひそ話をしている何人かもいる。

正直言って恥ずかしい。だが、そんなことを言っている場合ではない。今、自分は審判員への第一歩を踏み出したのだ。

アウトの次はセーフの練習。やはりハンズオンニーから、上体を起こし、両腕を水平に伸ばして「セーフ」と大声でコールする。

「ゲットセット」

「コール」

「ゲットセット」

「コール」

繰り返し前川の声が響く。陽生の額に汗がにじむ。冬の太陽が足早に西の空に傾いていく中、陽生は「ヒーズアウッ」「セーフ」と叫び続けていた。

「前川さん。年俸一千万超だそうだ」

帰宅するとすぐ、陽生は沙織にまるで自分の手柄話のように伝えた。だが、沙織は素っ気なく夕飯の支度を続けている。

「喜んでくれないのか。そのうち俺だってきっと……」

「何を浮かれてるんですか。まだ、正式に採用されたわけでもないのに」

沙織が調理しているのは大根とアラの煮物。それはこのところずっと続いているメニュー。近くの青果店と鮮魚店で、一番安く済む買い物をしていれば、どうしてもそうなってしまう。

会話の弾まない食事を終えると、陽生はウィンドブレーカーを羽織って外に出た。人気《ひとけ》のない商船大のグラウンドで、陽生はハンズオンニーで構えた。体を起こすと腕を90度に折ってコールした。

「ヒーズアウッ」

星も見えない12月の寒空に、陽生の声が吸い込まれていった。

第七章　キャンプ

「あの時の男が、もう一度現れたか」

今回はきちんと事前のアポを取って陽生はパ・リーグ連盟会長のもとを再訪した。

「その節は失礼しました」

頭を下げる陽生の体を見て、会長が言った。

「体をだいぶ絞ったようだな」

「はい。前川さんに弟子入りして、週一で審判員の技術や心構えを教えていただきました。このとおり、前川さんから推薦状も」

両手で、陽生はＡ４の封筒を差し出した。

中身を改める会長に、陽生はさらに続けた。

「もちろん、２５０ページあるルールブックは完全に頭に叩き込みました」

推薦状からちらりと目を上げた会長が、陽生の本気度を試すように言った。

「それなら、試験問題でもやってみるか」

秘書に別室の小部屋に案内され、陽生は前回公募時の試験問題に取り組んだ。制限時間内に全問解くと、再び会長室に戻った。

「ほぅ。満点か」

採点された解答用紙を見て会長の口元が、この日初めてゆるんだ。

「はい。審判員という職業に、人生のすべてをかける所存です」

「そこまで言うなら……あくまで特例措置だが、川崎球場で行われる審判部の合同トレーニングに参加することを許可しよう。そこで見込みがあるようなら、春季キャンプに連れていって、最終テストを受けてもらう」

帰宅するやいなや、陽生はすっかりその気になって沙織に報告した。

「その最終テストに合格すれば、俺も立派な審判員だ。最初の3年かそこらは苦労を掛けるかもしれないけど、すぐに一軍戦に出られるようになるさ。そうすれば収入だって、ニッカンスポーツ時代以上稼げるはずだから」

「それまでは、毎晩同じメニューですけど」

沙織が調理してくれたその夜のおかずは、相変わらず大根とアラの煮物だった。

川崎球場での審判部合同トレーニングをなんとか乗りきり、高知市営球場で行われるブレーブスのキャンプに同行を許された陽生だったが、あこがれの選手を間近に見られる幸せに浸ったのもつかの間、球審の練習をさせられた途端、背筋が凍り付いた。

「ぜんぜん見えない」

山田、今井、山口などそうそうたる名投手が投げ込む速球に、目がまったく付いていかないのだ。まして変化球ともなると、完全に視界から消える。かつて自分がやってきた野球とは、レベルが違いすぎる。文字どおり雲泥の差。雲の上の人たちに、泥まみれの自分が紛れ込んだとしか思えない。

それでも、捕球したキャッチャーミットの位置から推測して「ストライク」とか「ボール」とかコールしてみるが、自信のなさが露骨に声に表れる。途端にバチンと、尻を引っぱたかれる。振り返ると、いかり肩の真ん中に鬼瓦のような顔がのっかった小柄な男。陽生の教育係である審判指導員の沖が、すぐ後ろでにらんでいる。

「気合いが足りん！」

続いて福本、長池、マルカーノらが打席に立つと陽生はさらに声を失った。あれほどの速球や変化球を、いとも簡単にバットで捉え、遠くへ飛ばすではないか。

陽生の耳に、父親の声がよみがえった。

「お前みたいな凡人が天才ばかりの世界に入って、通用するはずがない」

へとへとになって、キャンプ初日を終えた――と思ったが、まだ続きがあった。坂本龍馬が泳いだとして知られる鏡川の岸辺に立って、対岸の沖に向かってコールの練習をさせられるのだ。

「ストライク」

精いっぱいの声を張り上げたつもりだが、対岸からはそれをはるかに凌駕する沖の声が返ってくる。

「聞こえないぞ！」

「ストライークッ」

「まだ小さい！」

橋を行き交う人たちが立ち止まり、恐る恐るその光景を見下ろしている。指さして笑う子供もいる。喉がガラガラにひりついてまともに声が出ない。それでも、沖から「よし」とは言ってもらえない。

日も暮れたころ、陽生はようやく滞在先のこぢんまりした和風旅館に戻ることができた。だが、一息つく暇もない。まずは先輩審判員にビールを注ぎ、水割りを作り、熱燗を運ぶ。それが一段落すると、正座をしろと命じられ、先輩たちからたっぷりと自慢話や説教を聞かされる。

ようやく食事にありつけるのは深夜近く。それから風呂に入れば、お湯はすっかりぬるんで汚れている。ボロ雑巾のようになって布団に横になれば、相部屋の若手審判員のいびきや歯ぎしりで、何度も目が覚める。

やっとウトウトしたと思う間もなく、目覚ましでたたき起こされる。慌てて着替え終わると先輩たちのコーヒーを用意し、玄関でスパイクを素早く丁寧に磨き上げなければならない。その間、無言。もちろん、朝食時も無言。

朝食後は1時間のルール学習。そしてようやくグラウンドへ向かい、実戦練習が始まる。

そんな毎日を過ごすうちに、食欲もすっかり落ち、声もつぶれ、かろうじて残っているのはあの日の悔しい記憶。

今となっては皮肉にも、あの取締役の罵倒が心の支えになっているのかもしれない。

郵 便 は が き

料金受取人払郵便

新宿局承認

6206

差出有効期間
2027年1月
31日まで
（切手不要）

1 6 0-8 7 9 1

838

東京都新宿区新宿1－10－1

（株）文芸社

愛読者カード係 行

お名前《ふりがな》			明治 大正 昭和 平成 年生 歳	
ご住所《ふりがな》	□□□-□□□□			性別 男・女
お電話番号	（書籍ご注文の際に必要です）	ご職業		
E-mail				
ご購読雑誌（複数可）		ご購読新聞 新聞		

最近読んでおもしろかった本や今後、とりあげてほしいテーマをお教えください。

ご自分の研究成果や経験、お考え等を出版してみたいというお気持ちはありますか。

ある　ない　内容・テーマ（　）

現在完成した作品をお持ちですか。

ある　ない　ジャンル・原稿量（　）

書　名			
お買上 書　店	都道　　　　　市区 府県　　　　　郡	書店名	書店
		ご購入日	年　　月　　日

本書をどこでお知りになりましたか?

1.書店店頭　2.知人にすすめられて　3.インターネット(サイト名　　　　)

4.DMハガキ　5.広告、記事を見て(新聞、雑誌名　　　　)

上の質問に関連して、ご購入の決め手となったのは?

1.タイトル　2.著者　3.内容　4.カバーデザイン　5.帯

その他ご自由にお書きください。

(　　　　　　　　　　)

本書についてのご意見、ご感想をお聞かせください。

①内容について

②カバー、タイトル、帯について

弊社Webサイトからもご意見、ご感想をお寄せいただけます。

ご協力ありがとうございました。

※お寄せいただいたご意見、ご感想は新聞広告等で匿名にて使わせていただくことがあります。

※お客様の個人情報は、小社からの連絡のみに使用します。社外に提供することは一切ありません。

■書籍のご注文は、お近くの書店または、ブックサービス(0120-29-9625)、セブンネットショッピング(http://7net.omni7.jp/)にお申し込み下さい。

キャンプ終盤に、1日だけの休養日が訪れた。ため息交じりに鏡川のほとりを散歩していると、間の悪いことに沖と出くわした。

「すみません。これからランニングでもしようかと」

「いいから、ちょっと桂浜にでも行ってみないか」

市内からバスで小一時間。桂浜といえば、坂本龍馬像が建っている観光名所。広々とした太平洋がどこまでも続き、穏やかな波音が耳に心地よい。だが、沖と並んで歩いている陽生は、まったくリラックスできない。

「お前、審判員になろうなんて、よっぽど物好きだな」

不意に沖が尋ねた。

「とにかく野球が好きで……」

ふと、お前は本当にまだ野球が好きなのかと、陽生は自分に問うた。そんな不安に襲われるほど、キャンプの毎日は過酷だった。

「沖さんは、なぜ審判員に」

「もとはプロ野球の選手だった」

「そうだったんですか。すみません、何も知らなくて」

「いいさ。戦前の話だ」

「それじゃ、もしかして兵隊にも……」

「レイテ島の陸戦でひどい負け戦をして九死に一生。なんとか帰還できた」

沖が、遠い水平線に視線を送った。餓死寸前だった日々が、心によみがえったのかもしれない。

「それで、戦後またプロ野球に戻ったんだが、続かなくなった」

「どこか、故障でも」

「娘が死んだ。それで、気持ちが切れた」

若い夫婦が浜辺を歩いていた。２人に両手をつながれて、よちよち歩きの女の子が時々笑い声をあげた。その姿を、沖はまぶしいものでも見るように見つめていた。

「すみません。失礼なことを聞きました」

「野球界を離れようと思った。だが他には何の取り柄もない。そんな俺を心配してリーグの上の人が声をかけてくれた」

「それで審判員に……」

陽生は、沖との距離が少し縮まったような気がした。

第八章　千番目の男

沖との距離が縮まった――などというのはとんだ勘違いだった。キャンプの残り数日は、それまで以上にスパルタ特訓が待っていた。

審判員としての最終テストの最中も、「そんな調子なら今すぐやめちまえ！」と、沖に怒鳴り散らされた。

2月末、ゲッソリやつれて陽生は東京に戻った。出迎えた沙織が、一瞬息をのんだ。

「心配ないさ。ちょっと贅肉が落ちただけだから。逆に男っぷりが上がったろ」

「バカなこと言わないで」

玄関わきの居間を覗くと、幼い息子が寝息を立てている。ほんのひと月見ないうちに、ずいぶん成長したような気がする。

ダイニングキッチンに入ると、今度は陽生のほうが息をのんだ。一角に、黒い大きな物体がデンと据えられていた。

「なんだ、これ」

「ピアノです」

沙織が、アップライトピアノの蓋を開け、一本指で鍵盤を押した。

「こんなもの買って、どうする気だ」

「もらったんです。清美《きよみ》さんに」

清美というのは沙織のママ友で、ピアノ教室を主宰している。夫は海外に単身赴任中。要するに、玉崎家とは住む世界が違うのだ。その清美が、新しいピアノを入れることになり、よければ古い1台をどうぞとなったという。

「けど、今さらピアニストにでもなるつもりなのか」

「あなたは今さら審判員目指してるじゃない」

それを言われると、ぐうの音も出ない。そそくさと冷蔵庫から缶チューハイを出していると、背後から沙織が言った。

「私にもちょうだい」

受け取った缶チューハイで喉を潤すと、沙織はいたずらっぽく笑った。

「ピアノの先生やるの」

「お前、ピアノなんか弾けたっけ」

「ドレミぐらいならね」

「そんなんで、先生なんかやれるのか」

「幼稚園児とか小学生とか、超初心者に教えるのよ。それなら私にだってできるから。何しろ吹奏楽部ですから」

「でも、その生徒が上達してきたら……」

「清美さんのところに移ってもらうの」

要するに、清美さんの下請けのような教室をやるつもりらしい。その算段で沙織に中古ピアノを譲ったとすれば、清美さんもなかなかしたたかだ。

だが、沙織も久しぶりに笑顔になっている。

多少なりとも家計の足しになるし、自分の活躍の場を見つけたからだろう。

「でも、音とか大丈夫なのか」

それは、普段の近所づきあいで問題ないと沙織は自信満々に答えた。

「それに、練習時間は夕方の2時間だけってことにするから、クレームの心配ないわ。でもね、ほんとは教える時間は1時間半でおしまいにするの。あとの30分は、私が自分でピアノを弾いて楽しむのよ」

かつて自分の夢は音楽だと言っていたことがある。その夢と、こんなささやかな形でつながろうとしている。沙織をいじらしく思いつつも、子育てと両立できるのだろうかと陽生は多少の不安を覚えた。

翌日、朝食を終えてスポーツ紙を開いていると、ダイニングキッチンの黒電話が鳴った。受話器を取った陽生の耳に、若い男の声が滑り込んできた。

「こちら、パ・リーグ事務所ですが」

脳裏には、あの惨憺たる最終テストの光景がよみがえった。「そんな調子なら、今すぐにやめちまえ」という沖の怒声とともに。

「はい。私、玉崎陽生です」

自分の声が裏返っている。壊れそうなほど受話器を握りしめて、陽生は男の声を待った。

「近いうちに、印鑑を持ってパ・リーグ事務所まで来てください」

「あの……採用されたんでしょうか」

「そういうことです」

受話器を置くと、シンクで洗い物をしている沙織を勢いよく振り返った。

「だから言ったろ。最終テストなんて、軽いもんだって」

「その割に、涙目になってるじゃない」

「それは、お前もだろ」

26歳の若夫婦にとって、この日は特別な記念日になった。

身なりを整え、陽生はその日のうちに連盟事務所を訪れた。事務局長から契約書を見せられ、そこに署名捺印する段になって、年俸の金額を見て目が点になった。

「160万ですか」

「なにか不服でも」

「いえ……」

ニッカンスポーツを辞めたときは340万の年収があった。そこまでいかなくても、たとえば高卒ドラフト外選手の最低年俸である240万ぐらいはもらえるものと思っていた。

それが、まさかの160万。とても生活していけるレベルではない。

「野球界には年俸序列という言葉がある」

事務局長が、諭すように言った。前川からも似たような話を聞かされた覚えがある。

「選手も審判員も、優秀ならいくらでも年俸が上がる。君も、これからの頑張り次第ではいくらでも上を目指すことができる。というか、君より下は今のところ誰もいない」

プロ野球界は、関係者を数えると千人ぐらいいるという。陽生は、その千番目の男としてランクインしたというわけだ。


最底辺とはいえ、審判員は審判員だ。まずは二軍戦。初試合は三塁塁審だった。

ベンチ裏の審判室でユニフォームに着替え、一度深呼吸をしてグラウンドに飛び出す。

青い空、芝の匂い。頬を撫でる風。収入の不安が、この時ばかりは心から消える。

「コラ、玉崎！」

突然、背後から沖の怒鳴り声が響いた。三塁手前で急停止して振り返る。沖が、バックネット裏で恐ろしい顔でにらんでいる。

「足元を見ろ！」

視線を落とすと、シューズがファウルラインを踏んでいる。

「引き返してこい！」

慌てて沖の元に戻ると、さらに大きな叱声が飛んだ。

「ファウルラインは、審判員の生命線だ。それを踏むとは何事か！」

「うっかりしてました」

「そんなことなら今すぐやめちまえ！」

いきなり、陽生の顔に鉄拳が飛んだ。それは後にも先にも沖のただ一度限りの制裁だった。陽生は骨身にしみた。痛さ以上に、己の至らなさに……。

平謝りに謝って、ようやく「二度と踏むんじゃないぞ」と放免してもらったが、見れば両チームの選手があきれ顔で笑っていた。


塁審を何試合か経験した後、ついに二軍戦での球審デビューの日が訪れた。

あの高知キャンプの時は全く見えなかった速球や変化球も、このところ少しは目が付いていくようになっている。

陽生は所定のポジションに着いた。目の前にキャッチャーの頭がある。その向こう18・44メートルにピッチャープレートがあり、ピッチャーが足元の土を均している。さらに、その背後に内野手が控え、遠くに外野手の姿が見える。

やがて、一番バッターが打席に入る。いよいよ試合開始だ。だが、自分が「プレーボール」と宣告しない限り、ゲームは始まらない。

すべてを差配する立場にいる高揚感が、陽生に心地よい緊張をもたらしている。

だが試合が始まり、回を重ねていくにつれ、陽生の胸には不安が堆積してきた。

「さっきのストライクは、ボール半分外れていたんじゃないだろうか」

「今ボールとジャッジした球はぎりぎり入っていたかもしれない」

そのうち頭の芯がしびれるほど疲れ、視界がチカチカと妙にまぶしくなり……。

「ストライク！」

大きな声でコールした途端、バッターが殺気立った顔で振り返った。

キャッチャーがニヤニヤしながらボール交換を要求した。そのボールは土で汚れていた。

低めの球がショートバウンドしていたのだ。

二軍選手にしてみれば、ミスジャッジは即一軍昇格の芽を摘《つ》まれることを意味する。

打者には申し訳ないことをした。だが、今さら謝るわけにもいかない。一瞬心にスキが生じたところに、ズバンとキャッチャーミットから捕球音が響いた。コースはどうだったのか、きちんと見ていなかった。とにかく、このまま黙っているわけにはいかない。

「ボール」

今度はキャッチャーが吊り上がった目で、「おい」と振り返った。「ど真ん中じゃねーか！」

両チームからヤジが飛んだ。収拾がつかなくなり、ゲームセットを宣告したころには、すべてのエネルギーが体から失われていた。

その日もバックネット裏で見ていた沖が試合後、球場近くの喫茶店に陽生を誘った。

「それでも、声だけは最後まで、でかかった。それだけが、お前の今日の取り柄だ。まだ1年目。周りも少しは大目に見てくれる。だが、いつまでも甘えてるわけにはいかないぞ」

陽生は「はい」と、蚊の鳴くような声で返事をした。

早ければ3年で一軍に昇格できるはずだった。だが3年たち、やがて4年目に入っても、陽生は相変わらず二軍戦でヤジにまみれていた。その間に次男も生まれ、陽生の家の経済状態はさらに逼迫の度を増していた。

そんな真夏のデーゲーム。陽生はジリジリとうだるような暑さの中で球審を務めていた。その日は3人制審判。すなわち、球審のほかに塁審が2人。通常塁審は一塁側と三塁側に位置しているのだが、ランナーの出方によって彼らはポジションを変える。

その回、ランナーが一、二塁に出ていた。

こんなケースでは三塁塁審のみ移動してセカンドベースの内側にポジションを取る。

内角高めを、左バッターがハーフスイングした。明らかな空振りと見て、陽生は右手を上げてストライクとコールした。

その瞬間、キャッチャーが二塁に牽制球を投げた。ヒットエンドランのサインが出ていたのだろう。二塁ランナーは一度スタートを切ったが、バッターの空振りであわてて塁に戻ろうとしていた。

その送球をベースカバーに入ったショートが後逸した。球が外野を転々とする間に、二塁ランナーは再び三塁に向かった。

こんな時、三塁の判定は球審の担当になる。

陽生は三塁にダッシュした。センターからの返球を受け、三塁手が滑り込んできたランナーの足にタッグ（いわゆるタッチのこと。正式にはタッグという）する。

「セーフ」

その判定には自信があった。両チームどちらからも文句は出ていない。陽生はホッと胸を撫でおろした。

一連のプレーの間に、一塁ランナーも二塁を陥れていた。その結果ランナーは二、三塁となり、三塁塁審は三塁に戻り、一塁塁審は二塁の内側に移動した。陽生も球審の定位置に戻った。そのとき、陽生はふと何か大事なことを忘れているような気がした。

さっきのハーフスイング……ストライクだったかボールだったか。インジケーター（カウント計測器）に記録したのかしていないのか。

一瞬頭が混乱した。それを見透かしたように、左打席のバッターがうすら笑いを浮かべて振り返った。

「ボールでしたよね」

陽生は反射的に、うなずいてしまった。すると、キャッチャーが激高した。守備側監督がベンチを飛び出した。

「すみません。ちょっとタイム」

陽生はあわてて塁審2人を呼び寄せた。それぞれのインジケーターを突き合わせると、自分だけがさっきのストライクを記録しそこなっていることが判明した。

全身に脂汗をかいて守備側の監督に頭を下げ、それからようやくプレー再開をコールした。だが、頭の中は悔恨の嵐が渦巻き、心臓は今にも破裂しそうなほど暴れていた。

突然、打球音が響いた。あわててボールを目で追うが、一瞬行方を見失った。

目を凝らすと、ライトポール際のスタンドに飛び込んだと思《おぼ》しきボールがグラウンドに跳ね返っていた。

ランナーが二、三塁にいる関係で、普段は一塁側にポジション取りする一塁塁審が、今は二塁内側にいる。必然的に、この打球のジャッジは球審の陽生の仕事になる。

「ホームラン」

沖に言われたせめてもの取り柄。大きな声でコールすると、人差し指を立てた右手をグルグル回した。

ふと気が付くと、守備側の監督はじめ、選手全員にぐるりと取り囲まれていた。

「てめぇ、ふざけんじゃねぇ！」

監督が、思いきり体当たりしてきた。即座に陽生は「退場！」と、宣告した。だが、それは火に油を注ぐ結果となった。

「完全なファウルじゃないか！」

「どこ見てんだ！」

守備側選手が口々に怒声を浴びせて詰め寄ってくる。陽生は助けを求めるように2人の塁審を見た。その2人がどちらも、悲しい表情で頭を横に振っていた。

「あれは、完全なファウルでした。打者は全然走ろうとしませんでした。多分ファウルと分かっていたからだと思います」

試合後、審判室に戻るやいなや、塁審の1人が耳打ちした。追い討ちをかけるように、もう1人の塁審が付け加えた。

「玉崎さんがホームランと宣告してようやく走り始めましたけど、ニヤニヤ笑ってました」

夕暮れ時の銀座。行き交う人々はどことなく浮かれている中、陽生は1人、重い足取りで連盟事務所に立ち寄った。陽生の記した報告書に目を通した事務局長が、眉間にしわを寄せて告げた。

「要するに、君のとんでもないミスジャッジが退場劇の発端になったということだね」

「はい」

陽生に下されたのは「厳重注意処分」。事務局長から長時間叱責された。陽生はうなだれ、ただひたすら「申し訳ありません」と繰り返すのみだった。

連盟事務所を出たころにはとっぷりと日が暮れていた。魂の抜け殻のようになった陽生は、地下鉄に揺られて自宅のある門前仲町に向かった。

暗くなった富岡八幡宮《とみおかはちまんぐう》をちらりと見やり、鳥居に向かって頭を下げたが、それが何かの救いになるとは到底思えなかった。

あの球審デビューの年に、俺は1バウンドをストライクとコールし、その後遺症で次のど真ん中をボールと判定した。

あの時、学んだはずだった。たとえどんなミスジャッジをしようと、大切なのはそれを悔やむことではなく、気持ちを切り換えて次に臨むことだと。にもかかわらず——。

今日もまた、ひとつのミスを引きずって、ファウルをホームランと判定してしまった。

まるで成長していない。もう4年目に入ったというのに。二児の父親になったというのに。

「ただいま」

玄関ドアを開けると、陽生は努めて明るい声で帰宅を告げた。

「遅かったのね。子供たちはもう寝ちゃってるわ。お風呂にする？　それとも食事？」

「先にひとっ風呂浴びるかな」

バスルームに向かう陽生に、沙織はなおも話しかけてくる。

「ねぇ、ピアノの生徒が3人になったのよ」

上の子が保育園に行くようになって、沙織は清美さんの下請け的な教室を始めた。次男が生まれ、一時は教室を中断しようか悩んだ。だが、母親たちが生徒と一緒に通って、次男の面倒を見てくれた。

そんな支えもあって、生徒が1人、2人と増え、ついに3人にまでなったという。

月謝はいくらも取っていないので家計が楽になるほどではなかったが、沙織にはそれ以上の喜びがあった。音楽の仕事に携わっていられること。そして自分のピアノ教室が、さなやかながら近所で評判になっていること。

「よかったな」

陽生は言葉少なにバスルームに入り、体を洗い、小さなユニットバスにつかった。その中で、何度も顔を洗う。ゴシゴシと、顔の皮がむけてしまいそうなほど強く洗う。

突然、こらえていた涙が、堰を切ってあふれ出してきた。

やっぱりプロ野球は天才だけに許された世界。そんな中に、俺みたいな凡人が紛れ込んで、通用するはずがないのだ。その何よりの証拠が、4年目にもなって二軍から這い上がれない現状だ。

もしかして、俺は人生を間違えたのかもしれない。でももう30歳。今さら、どの世界に行けるというのだ……。

第九章　アルバイト

10月に入ると、陽生の首のあたりにスースーと冷たい風が吹き抜ける。毎年10月最終週に、審判員は翌年も継続して使ってもらえるかどうかの判定が、連盟から下されるからである。

あの夏の「厳重注意」以来、気持ちが萎縮して、ちょっとしたジャッジにも迷いが生じ、メンタルがすっかり擦り切れている。

もうダメかもしれない。来年は失業者になってしまうのかも。だが、今は目の前の試合に集中するしかない。両チームの二軍選手だって、明日の不安と懸命に闘っているのだ。

陽生が球審を務めたその日のデーゲーム。両チームからの抗議もなく、珍しいほど無事に終了した。

審判室で荷物をまとめ、関係者出入口から球場の外に出ると、そこに小柄ないかり肩の男がいた。

「沖さん」

このところ陽生より後に入った若手の教育に専念し、陽生の試合に顔を見せることは滅多になかった。それだけに、この突然の来訪に、胃が縮み上がった。

連盟から正式な通知が来る前に、指導員である沖が引導を渡しに来たに違いない。

「一杯、つきあえ」

沖がぼそっと言った。

6時前だというのに、商店街の居酒屋は酔客でいっぱいになっている。その片隅のテーブルで陽生は沖と対座し、ビールをちびりちびりとなめている。沖もスルメを歯でしごき、焼酎のお湯割りを流し込んでいる。

無言に耐えかねて、陽生が口を開く。

「西堀さんや山川さん、どうですか」

それは陽生より後から入り、沖が現在指導している若手審判員である。

「伸びてる」

「でしょうね。西堀さんは社会人野球で活躍した人だし、山川さんは六大学の審判経験者」

「来季は2人とも一軍昇格する」

「すみません。俺1人、落ちこぼれで」

陽生は腹をくくり、沖の次の一言を待った。だが、沖は結局その話題を口にすることはなく、お開きとなった。

もしかしたら沖さんは俺を励ましに来てくれたのかもしれない。いくら若手を順調に育て上げても、俺みたいな落ちこぼれがいたんじゃ、沖さんの評判に傷がつく。だから、もう少し頑張れと尻を叩きに来てくれたのかも。

自分は近所でもう一件用事があるといいながらも、沖は陽生が利用する最寄り駅まで一緒についてきた。

「ちょっと待ってろ」

改札口で陽生を待たせ、沖はいったん商店街に足を向け、しばらくすると、手に洋菓子店の紙袋をぶら提げて戻ってきた。

「奥さんと、子供たちに」

押し付けるように紙袋を手渡すと、沖はすぐに踵を返した。

「ありがとうございます！」

大きな声で頭を下げたが、沖の小さな体はすでに雑踏に紛れていた。

数日後、書留が届いた。差出人はパ・リーグ連盟事務所。中には、来季の契約書が同封されていた。安堵と覚悟が、陽生の胸を熱くした。


シーズンが終わると、陽生はアルバイト生活に突入した。なるべく時給のいい仕事をと狙って、この4年間通っているのは新木場《しんきば》。

朝6時に起きて自転車を飛ばし、5キロ離れた仕事場に向かう。そこは東京湾からの寒風が吹きすさぶ材木工場。

原木の皮をはがし、切断、加工し、目地棒と呼ばれる建築資材に仕上げていく。さらに、できた目地棒を数本まとめてビニールひもで結束し、ずっしり肩に食い込む重さをこらえてトラックまで担ぎ、荷台に積み込む。

軍手はあっという間にボロボロに擦り切れ、掌はタコだらけになる。寒風の中でびっしょり汗をかき、その汗がまた寒風で凍る。朝8時から夕方5時まで働いて日当8千円。

仕事が終わると、また自転車で5キロ走って自宅に戻る。シャワーを浴びて冷えきった体を解凍し、手早く着替えて次に向かうのは自宅近くの学習塾。その途中の富士そばで掛けそばを搔き込む。

塾では、学年も科目も問わず、なんでも教える。北大受験が、こんな形で役に立つとは思わなかった。

6時半から9時半まで時給2千500円で塾講師を務めると、新木場での稼ぎと合わせて1日1万5500円也。日割り計算すると審判員としての収入より高くなる。少し安堵すると同時に、その情けなさに唇をかみしめた。

5年目が過ぎ6年目になっても、陽生は二軍から這い上がれないまま。長男は小学2年生、次男も翌年から小学校入学を控えていた。

迎えた7年目。お試し的に一軍の塁審に抜擢された。

二軍では球審塁審を問わず一試合当たり食事代という名目で千円が支給されるのみ。その千円が一軍に上がればなくなるが、代わりに給与がポーンと跳ね上がる。

そのうれしさに高揚するのもつかの間、一軍戦のピリピリしたムードに負けそうになる。

だが、このチャンスを逃すわけにはいかない。

きわどい判定に胃が締め付けられながらも数試合をこなし、巡ってきた10月19日。

川崎球場で行われたオリオルズ対バイソンズのダブルヘッダー。その第一試合で、陽生はレフト側外野審判を任された。

そこで二連勝すれば、バイソンズはリーグ優勝が決まるというクライマックス。両チームの男たちは目を吊り上げ、命がけで戦っている。スタンドも異様な熱気に包まれている。レフト線、ファウル側の所定の位置に立つと、膝が小刻みに震えてくるのがわかった。

後に語り草となった10・19。バイソンズは一試合目では勝利をおさめたものの、二試合目で引き分け。ペナントに手が届かなかった。

潮が引いたような翌日の川崎球場。オリオルズ対ホーキーズの最終戦。それが、陽生の一軍での球審デビュー戦となった。

前日の熱気は跡形もなく、スタンドはガラガラ。それでも陽生にとっては記念すべき日。

「プレーボール！」

告げた声が震えた。

序盤に、本塁上でクロスプレーが生じた。間一髪、キャッチャーミットがランナーの足にタッグしたことを見極めた。

「アウト！」

すぐ次の瞬間、キャッチャーミットからボールがこぼれ落ちた。

「セ、セーフ！」

あわてて、ジャッジを訂正した。沖からは口酸っぱく教えられていた。「アウトをコールするときは一拍待て。選手が落球するかもしれないから」と。

とはいえ、その後、試合は大過なく経過した。

世の中的には、完全な消化試合かもしれないが、俺にとっては一生忘れることのできない一軍球審デビュー戦。その大事な試合が無事終わったのだ。

疲労と充実の余韻に浸りながら帰宅すると、沙織がただならぬ表情で出迎えた。

「新潟のお義父《とう》さんが……」

悪性リンパ腫で余命3か月。持っても半年だと、陽生の母親がつい先ほど、電話で知らせてきたという。

第十章　父　親

「お前みたいな半人前が見舞いに来たら、治る病気も治らなくなっちまう。来るな来るな」

陽生が電話を入れると、新潟の父親はけんもほろろ。取り付く島もなかった。

「心配して電話してるのに、なにも、そんな」

「俺のことより、自分の心配しろ」

「それなら言うけど、今日は一軍戦で球審デビューしたんだ」

おめでとうの一言ぐらい言ってもらえるかと思ったが、甘かった。

「そんなのはあくまでお試し。来年一軍に昇格できる保証なんかないんだろ」

「でも、来年3月の最終試験に通れば……」

「とにかく、お前が新潟に来る必要はない。もう切るぞ」

まだ、言い足りないことがいっぱいあるはずの陽生だったが、父親に一方的に遮断されてしまった。

その夜、陽生がダイニングテーブルで缶チューハイをなめながら今日の試合の反省をノートに記していると、黒電話が鳴った。

「おふくろ……」

「お父さんも、ほんとは喜んでいるのよ。陽生がついに一軍で球審やったんだぞって」

先月末、審判の割り当て表がいつものように二枚届いた。一枚は一軍戦、もう一枚は二軍戦。

陽生はまず二軍戦にプリントされている自分の名前を、赤ボールペンで丸く囲んだ。念のため一軍戦にも目を通すと、最終戦の球審の欄に玉崎陽生と記されているのを発見した。

「ついに来た！」

陽生は誇らしげに、だが少し面はゆい気持ちで沙織に割り当て表を見せたあと、近所の文具店でコピーを取り、一文を添えて実家に郵送した。それから今日に至るまで、父親からの反応はなかった。

だが今日、父親は母親に向かって、しみじみと笑みを浮かべたという。

「でもね、そうはいっても、まだまだ家計が苦しいはず。新潟往復する旅費だってバカにならない。だから、陽生に無駄な出費はさせられないって」

その思いが、あの憎まれ口になったのか。

陽生は、父親の言葉に一度はむかっ腹を立てた自分を恥じた。そして、父親とのやり取りの最中、見舞いに行かない口実ができたことで、少し安堵した自分がいたことを恥じた。


翌週、アルバイトのシフトをやりくりして陽生は新潟の病院に父親を見舞った。

陽生の後ろに家族がいないことを見て取ると、父親はブスッとそっぽを向いた。その顔は頬がこけ、体はガリガリにやせていた。

「今回は俺1人だけど、次は家族を連れて来るから」

陽生にとって、父親はヒーローだった。

シベリア抑留から奇跡的に帰還し、雑貨の行商から身を起こして今やガソリンスタンドを経営するまでになった。

陽生を含め、きょうだいが皆、大学進学できたのも父親の頑張りのおかげだった。そのヒーローが今、悪性リンパ腫という病魔に侵され余命3か月、持って半年という。

来る前から覚悟はしていたものの、あまりの衰えように、いたたまれない思いを抱いた。

父親が少しうとうとした時、付き添っていた母親がベッドサイドでつぶやいた。

「シベリアから帰ってきたばかりの時もこうだった。まるで幽霊かと思ったくらいに骨と皮だけになって。でもね、そこから奇跡のように元気になってくれたのよ。だから今度だって……」

15分ほどうたた寝をすると、父親は目を覚ました。

「まだいたのか」

あえて憎まれ口をたたく父親に「とにかく次は家族全員で来るから。孫の顔見れば、病気のほうが、どこかに退散しちまうさ」と、陽生は軽口をたたいた。

「いつまでも一軍デビューできないお前より、孫の顔見たほうが、よっぽど体にいいからな」

父親も、調子を合わせた。

陽生が審判員を目指すことに大反対した父親は、経済的な援助は一切しなかった。だが、折を見て米や味噌などを送ってくれた。そのおかげで、陽生の家族はどうにか持ちこたえることができたのだった。

帰りの上越新幹線。陽生は放心したように窓の外を眺めていた。夕暮れの景色が、トンネルに入ると暗転した。窓に映る自分の顔が、やがて父親のそれに代わった。まだ元気だったころの顔。そして今日病室で見たやせ衰えた顔。ふと、父親は何か夢を抱いていたのだろうかと思った。

自分は人生の途中で、気でもふれたように審判員を目指したが、父親はただひたすら家族のために毎日黙々と働いていた。その人生を思うと、陽生は息をすることさえ苦しくなった。

翌春の3月20日。

「お父さんが……」

母親からの電話で、陽生は父親がついに力尽きたことを知った。

「すぐにでも行かなきゃいけないのは百も承知なんだ。けど——」

翌日はオープン戦の球審を務める予定になっていた。しかも、それは陽生が今シーズン一軍に昇格できるかどうかの最終テストを兼ねた試合。

「お父さんだって、きっとわかってくれるよ」

電話の向こうで、母親は優しく言ってくれた。

翌日、陽生はいつにもまして丹田に力を込めてプレーボールを告げた。涙で視界が曇りそうになるのを必死にこらえ、ワンプレー、ワンプレー懸命にジャッジした。やがてゲームセットを告げるころ、陽生は魂の抜け殻のようになっていた。

審判室に戻ると、同僚の審判員が「今日の出来なら、一軍昇格間違いなしだよ」と、記念球を手渡してくれた。

汗と泥のしみついたそのボールを握り締め、陽生は家族を引き連れてその日のうちに新潟に急行した。

棺の中で、父親は衰えたとはいえ男っぷりのいい顔で眠っていた。遺影の傍らに、陽生は記念球を供えた。

早ければ3年、遅くとも5年もすれば昇格できるという一軍審判員に、陽生は8年かけてようやくたどり着いた。

第十一章　退場王

一軍に昇格した陽生は、年俸も300万に届き、一軍戦の出場手当を加算すればニッカンスポーツ時代の年収を超えることができた。

だが、さっそく壁にぶつかった。

退場王――それが、陽生に与えられた、ありがたくない異名だった。1991（平成3）年の金田退場を皮切りに、その後も、退場劇は毎年のように繰り返された。それらは一時的なもめごととはなったが、大事には至らなかった。

ただし、他の審判員より退場宣告することが多いのは、監督や選手側に一方的に非があるわけではないことに、陽生は気づいていた。

一番の原因は、自分のチキンハート。

ベテランの審判員なら、あの手この手で監督や選手をなだめすかし、その場の興奮を収めてゲームを進行させる術を心得ている。だが、陽生は常に過度に緊張し、その裏返しで攻撃的になり、監督や選手が少しでも反抗的な態度を見せれば、すぐに退場カードを切ってしまう。それでスタンドまで敵に回し「退場はお前なんだよ！」と、ヤジられる始末。

こんなことで、一軍でやっていけるのだろうか。メンタルに関する本を読んだり、禅寺を訪れて座禅をしたり、あれこれ試みてみたが、これといった効果はあらわれない。

2アウト満塁でフルカウント後のジャッジなど、膝が震え声は裏返る。サヨナラのクロスプレーを見極めようとすれば、頭の芯が熱と冷気でカオスになる。

それでもなんとか綱渡りの心境で、一試合一試合を重ねていた。

「お前は俺が育てた中で、一番のヘタクソだ」

その日も退場騒ぎで心身ともに消耗しきって帰宅した陽生に、そんな電話をかけてきたのは指導員の沖だった。

「すみません」

陽生は最近使い始めた携帯電話を握り締め、ダイニングキッチンの椅子から立ち上がり、何度も頭を下げた。

「でも、そのうち必ず上達する」

「え……本当ですか」

「俺は、お世辞なんか言わない」

どう考えても不器用で、チキンハートで、成長する要素がほとんどない自分なんかに、なぜそこまで温かい言葉をかけてくれるのか。

「それと言い忘れたんだが」と、少したあらったあと、沖が言葉を続けた。

「俺は今シーズンで指導員を引退する。その置き土産に、お前を審判留学のメンバーに入れるよう、連盟に推薦しておいた」

審判留学といえば、もちろん行く先はアメリカ。そこへ毎年、数名の審判員が派遣され、本場の審判術を5週間かけて学ぶのである。

「俺みたいな出来の悪いのが、行っていいんですか」

「出来が悪いから勉強しに行くんじゃないか。帰ったら、一杯やりながら土産話を聞かせてくれ。たまにはお前のおごりでな」

「もちろんです！」

暗くふさぎ込んでいた陽生の心に、アメリカ留学という光が差し込んだ。

1993（平成5）年。正月早々の成田空港国際線ターミナル。慣れない手続きに右往左往し、なんとか搭乗口にたどり着くと、陽生はようやく一息ついた。

時計を見ると、まだ多少の余裕がある。

沖に感謝と意気込みを伝えるべく、陽生は携帯電話を手に取った。呼び出し音が鳴ったが、沖はなかなか出なかった。諦めて切ろうとしたとき、「はい……」と、か細い女性の声が聞こえた。

「沖さんのお電話で間違いないですか」

「わたし、沖の妻です」

「玉崎陽生と申します。沖さんに代わっていただけますか」

「それが、いま病院で」

夫人が言うには、沖は昨夜自宅で食事を終えて椅子から立ち上がろうとした途端、床に崩れ落ちた。驚いて助け起こそうとすると、ろれつも怪しくなっていた。慌てて救急車を呼んで病院に向かい、医師の診断を受けたところ、脳梗塞と宣告された。

「それで、そのまま入院してるんです」

夫人との電話を終え、陽生は放心したように宙を見つめていた。

陽生が苦しい時には必ず声をかけてくれた。一杯飲み屋に連れていってくれた。家族にお土産まで持たせてくれた。沖の優しさが、次から次と思い出された。

「沖さん、俺は5週間戻ってこれません。どうかどうか、病気に打ち克ってください」

機内に乗り込むと陽生は目を瞑り、ただひたすら祈り続けた。

第十二章　アメリカ留学

「ビー　リスペクテッド」

アメリカ審判学校の初日、現役メジャーリーグ審判のジム・エバンス校長が発した第一声がこれだった。

審判員にとって何が一番大切か。その答えは「尊敬される人間であれ」というのである。たしか、日本では「判定を間違えるな」から講義が始まった記憶がある。

陽生は幾分の戸惑いを覚えながら通訳の声に耳を傾けていた。

「もちろん人間は神様ではない。だからミスは犯す。それでもジャッジが支持され、両軍の監督や選手はもちろん、観客からも信頼されるためには、人間性が何より大切なのだ」

ちなみに、アメリカで審判員になるには、全米に3校ある審判学校のいずれかに入学しなければならない。そこにそれぞれ150名近い生徒が集まっている。アメリカ国籍の若者はもちろん、メキシコ、イタリア、韓国、オーストラリアからトライする者もいる。その3校から成績上位者が選抜され、最終的には30名ほどがマイナーデビューを許される。さらに、試合での態度や技術などを厳しく査定される。まずルーキーリーグで3年以内、1A、2A、3Aで各3年以内。最長でも計12年以内にクリアしないと、容赦なく解雇される。最終的に同期でメジャーまで行けるのはほんの1名か2名しかいない。へたをすると、メジャーの選手になるより、審判員になるほうがはるかに厳しいともいえる。

それだけの試練を経ているからこそ、監督や選手たちも審判員をリスペクトするし、社会的にも評価されているのだ。

留学のカリキュラムは1月第一週から始まり、最初の2週間は基本編。毎日、午前中はルールの勉強とミニテスト。午後は実技指導と、その復習。夜になれば、食堂に設置されている大きな鏡の前でジェスチャーを自主練したり、教材用のビデオテープで予習をする。

3週目以降はフィールドで、それぞれ球審や塁審のポジションに着いて、実戦形式のトレーニングに入る。インストラクターがノックし、野手や走者は受講生が持ち回りで担当する。

きわどいジャッジでおたおたしていると、監督役のインストラクターが本物顔負けのど迫力で罵倒し、猛抗議してくる。それに負けじと、受講生たちも「ゲット　アウト！」と退場を告げる。まさに男と男の戦場だ。

「沖さん、とにかく毎日目からウロコ。新鮮な驚きに満ちあふれています。でも、俺はアメリカかぶれしているわけではありません。沖さんのスパルタ特訓も、当時の俺には必要だったと思っています」

陽生は留学中、沖に毎日手紙を書いた。返事は一切来なかった。それほど病状が厳しいのだろう。だが、とにかく沖の回復を願い、5週間のハードスケジュールをやり遂げた。

アメリカ留学から帰国すると、陽生は自宅に戻るより先に沖を見舞った。古びた病院の一室に、沖はベッドで寝たきりになっていた。

「沖さん、ただいま帰りました」

頭を下げる陽生を視界にとらえ、沖は「うーうー」とうめくような声を出した。その姿を見て、陽生はしばし呆然と立ち尽くした。

「半身がマヒして……しゃべることもできないんです」

ベッドサイドに佇んでいる夫人が、申し訳なさそうに頭を下げた。ショックで、陽生は何をどう答えたらいいのかわからなかった。

「でも玉崎さんの手紙を私が枕元で読むと、動かせるほうの左手でそれを受け取って、しわくちゃになるほど握りしめていました」

うっかりラインを踏んだ時、ただ一度俺に鉄拳を食らわせてくれた右手が、もう動かないのか。

「沖さん。元気になってください。アメリカの土産話、いっぱいしますから。俺のおごりで、酒飲みながら聞いてください」

とぎれとぎれにそれだけ言うと、陽生は頬に伝う涙を手の甲で拭い、病室を辞した。

だが、沖と一杯やることは叶わなかった。

5か月ほどした梅雨入りの日、沖はついに力尽きた。

葬儀場を訪れると、棺の傍らに沖が愛用していた球審用のマスクが置かれていた。その内側のパンヤと呼ばれるクッション部分が、ボロボロに食いちぎられていた。

「うちの人がかみしめた跡です。とにかく、癇癪《かんしゃく》持ちだったんです。で、試合中に悔しかったり辛かったりすると、いつもパンヤをかみしめてこらえていたそうです」

夫人が悲しい笑顔で言った。

「あの沖さんが……」

自分の苦労など、まだまだ序の口と、陽生は思いを新たにした。

ひっそりとした葬儀が滞りなく終わり、斎場を辞そうと頭を下げた陽生に、夫人は名残惜しそうに、なおも声をかけてきた。

「あいつは『陽』の字がついている。だから、見捨てるわけにはいかない。あの人、いつもそう言っていました。実は、私たち夫婦が幼い時に亡くした娘の名前が陽子だったんです」

それを契機に選手生活から足を洗って審判員に転向したとは聞いていたが、娘さんの名前は一度も告げられたことはなかった。

「でも、玉崎さんに目をかけていた理由は、それだけじゃないんです」

あいつは、ほかのプロ野球選手上がりやアマチュアのトップクラスで審判経験を積んだ連中と比べれば、何周も遅れてスタートしたドンケツランナーだ。だから、周りと見比べれば劣等感の塊になっても仕方がない。だが、あいつほど努力する男もいない。最初はピッチャーの球が見えないと泣きっ面をかいていたが、キャンプでは誰よりも早くブルペンに現れて、何千何万と投球に目を凝らしていた。そうしているうちに、あいつのジャッジの精度が上がってきた。1年前、2年前の自分と比べれば、どれだけ成長したか。そのことにあいつが気付いてくれるようになれば……。

「私には専門的なことは全然わからないんですけど、そんな話を晩酌しながら、ぽつりぽつりと独り言のように言っていたんです」

天に昇った沖を探すように、陽生は上空を見上げた。梅雨空から、霧のような雨が絶え間なく降り注いでいた。

第十三章　悪　夢

そうすることが沖への恩返しと心に期して、陽生は一軍に踏みとどまり、一試合一試合コツコツと実績を重ねていった。

そろそろオフのアルバイトはやめても大丈夫かもしれない。いや、覚悟を決める意味で、審判員の収入だけで生計を立てるべきなのだ。

そう考えて、15年近く通った材木工場も学習塾も辞めた。

迎えた1997（平成9）年3月のオープン戦。その日は、ナゴヤドームのこけら落とし。レギュラーシーズン以上に観客が押し寄せ、試合開始のはるか前から球場は熱気に包まれていた。

審判室で準備しながら、若手審判員がふと、デスクの上に置きっぱなしのスポーツ紙を手に取って言った。

「どっちが広いんすかね。新聞の一面と、ホームベース」

「俺は新聞だと思うぞ」

中堅が答えると、若手は「俺もそんな気がしたんすけど」と自信なさそうにつぶやいた。

「ちょっと、貸してくれ」

すでに身支度を整えた陽生が、若手審判員からスポーツ紙を受け取ってじっと見ていたが、やがて足元に置いた。それから膝を折り、腰をかがめて球審の構えをした。

「ホームベースが２センチぐらい広い」

陽生は断言した。

「ほんとすか？」

若手審判員が、メジャーを持ち出してスポーツ紙を計った。その横幅は４１０ミリ。一方、ホームベースの横幅は17インチ。メートル法に換算すると４３２ミリと定められている。

陽生の言うとおり、ホームベースはスポーツ紙より約２センチ広かった。

「すごいすね、玉崎さん」

若手審判員は目を丸くした。中堅も「恐れ入りました」と、頭をかいた。

「不思議なことに、球審の構えをした途端、ホームベースが重なって見えたんだ」

陽生は、少し面はゆい気持ちを抱きながらも、自分の中に独特のセンサーが備わっていたことに、喜びと自信を覚えた。

「プレーボール！」

こけら落としのオープン戦。陽生が高らかに試合開始を告げた。

先発投手が大きく振りかぶって投じた一球目。その軌跡が今までと全く違って見えた。

従来、球審を務めるときは、全神経をストライクゾーンの四隅に集中していた。

その四点で囲われたゾーンに目を凝らし、境界線をかすめるかどうか、内側を通るか外側に外れるか、写真でも撮るようにボールを一点で捉えようとしていた。

だが、その日の一球目は文字どおり糸を引くように、陽生には見えた。今まで「点」で認識していたボールが「線」となり、一連の映像となって陽生の網膜に映し出された。

「ストライク！」

それはかつてジャッジしたどの一球より、陽生にとって快感のコールになった。

その時得た不思議な感覚はシーズンインしても失われることはなかった。いや、むしろさらに研ぎ澄まされた。審判員になって15年。陽生はようやく一人前になれた気がした。

「沖さん、俺って本当に出来が悪くて……ほかの新人なら5年もあれば身につくレベルに、やっとたどり着くことができました」

6月命日、陽生は沖の墓前で手を合わせた。

陽生の耳に沖の声が聞こえてきた。

「お前の日々の努力が、職人としての勘をプレゼントしてくれたんだ。自信を持て」

陽生は深々と頭を下げ、沖に誓った。

「沖さん、見ていてください。これからもっともっと精進して、いつかはきっと日本シリーズで球審を務めるまでになってみせます」

その年、門前仲町の中古賃貸マンションから、千葉市の東京湾沿いに建つ新築マンションに移った。天気が良ければ、夕日に映える富士山が湾の向こうにくっきりと見える。

ずっと生活苦に追われ、大根とアラの煮物ばかり作っていた沙織も、最近はメニューのバラエティーを広げ、食卓が華やかになった。

2人の息子は高校生と中学生になっていた。2人とも野球には興味を示さなかったが、サッカーに打ち込み、健康に育っていた。

「うちも、ようやく人並みの生活が送れるようになったな……」

しみじみつぶやくと、「私、本当は審判員やってるお父さんがイヤだったんです。できるだけ早く、別の仕事に変わってほしいと思ってたの」と、沙織から思わぬ逆襲を受けた。

「だって、ほかのお父さんと違って土日はいつもいない。だから子育ては全部私まかせ」

「その点は、本当に申し訳ないと思っている」

「それに仕事に行く前は、いつもピリピリして、何かに追い詰められてるみたいで……」

陽生は、返す言葉がなかった。

「でも、それでも頑張りぬいてくれたおかげで、今があるのよね。だから、ずっと言えずに来たけど、ごめんなさい。お父さんの仕事を嫌ってたこと。それから、ありがとう。ここまで連れてきてくれて」

沙織が目を潤ませてほほ笑んでいた。

「いや、俺のわがまま人生に、強引に付き合わせちまって、謝らなきゃいけないのは俺のほうだ。支えてくれてありがとうって言わなきゃいけないのは、俺のほうだ」

陽生も、酒のせいばかりではなく頰を紅潮させていた。2人の時間が、ゆったりと過ぎていく。何もかもが好循環しているように、陽生には思えた。

自宅から球場へは、コンパクトながらもお気に入りのプリウスで通った。車内にはビートルズの「ロング　アンド　ワインディングロード」が心地よく流れている。

その歌詞が全部聞き取れるわけではないが、どうやら「長く曲がりくねった道が君のもとにつづいている」というようなことを歌っているようだ。

そして陽生にとって巡り合うべき「君」は、やはり野球だった。１９９９（平成11）年に節目の千試合出場も果たし、目指すべき目標は日本シリーズの球審のみと意気込んで迎えた２０００（平成12）年６月20日の東京ドーム。ファイヤーズ対マローンズ戦。ファイヤーズ10対４とリードの７回表。マローンズは１アウト、ランナー一、二塁のチャンスを迎えた。

右打席の大塚のバットが、快音を発した。芯でとらえた飛球が、三塁塁審の陽生の頭上を越えていった。

「これは、きわどい判定になる」

体を反転させ、ファウルラインをまたぐ姿勢で、陽生は瞬きもせずボールの行方を見つめた。

マローンズファンの歓声に迎えられるように、ボールはレフトポール際に舞い降りていく。そして一瞬クッと軌跡を変えて、ファウルエリア側のスタンドに落ちた。

「軌跡を変えたのは、ポールに触れたせいだ。ポールに触れた打球は、その落下地点にかかわらずホームランになる」

確信をもって、陽生は頭上に上げた人差し指を立てた右手をグルグルと回し、ホームランを宣告した。

ファイヤーズの左翼手が「違う違う！」と叫びながら駆け寄ってくる。ベンチから監督の大島が「ファウルだろう！」と、血相変えて飛び出してきた。

怒り心頭で迫る大島に、陽生もまた一歩たりとも退かない覚悟で叫び返す。

「ポールに当たったのでホームランです！」

球場は怒号にあふれ、物が投げ込まれる。

ホームランならスコアは10対7となり、流れは大きくマローンズに傾く。疑惑の判定でそんな展開にされてはたまらない。大島の顔が、陽生の顔に触れんばかりに迫った。

「どう見たって、ファウルじゃないか！」

「いいえ、ホームランです！」

後に導入されたリクエスト制度があれば、ビデオで確認して、「判定どおり」にせよ「ファウルだったのでジャッジを変更します」にせよ、ことはすぐに収まるところ。だが、当時はそんなシステムは採用されていなかった。

しかも、審判員の判定は最終的なもの。よほど明らかなミスでもない限り、ジャッジを覆すことなどできるはずもない。

「ファウルだ！」

「ホームランです！」

抗議は延々20分以上続いた。怒号渦巻く球場は一触即発、異様な空気に包まれていく。

これ以上続けば、不測の事態を招きかねない。

「遅延行為とみなし、退場を宣告します！」

陽生は、監督の大島に向かって、ついに伝家の宝刀を抜いた。

「玉崎、ふざけやがって！」

「お前こそ退場だ！」

スタンドはむしろ火に油。身の危険を感じるほどの大混乱に陥った。

その後も大乱戦が続き、試合は12対7でファイヤーズが逃げきった。

「どうにか終わってくれた」

ホッと安堵して審判室に戻り、帰り支度をしていた陽生の全身に、冷や水を浴びせるようなニュースが飛び込んできた。

「記者会見の途中で大島監督が頭痛を訴え、嘔吐して救急病院に運び込まれたそうです」

医師の診断は、まだ伝えられていない。もしも大事に至ったら取り返しのつかないことになる。その一方で、あの打球の軌跡はどうだったのか……。

「念のためすべてのスポーツニュースを録画しといてくれ」

沙織に電話で依頼した。

「録画を見れば、玉崎さんのジャッジが正しかったことがすぐにわかりますよ」

若手審判員が、慰めるような口調で言った。

だが、ベテラン審判員は不安の色を隠せない表情だった。

「お願いします。野球の神様。どうか、大島監督が無事回復されますように。それと、俺のジャッジが間違っていませんように」

プリウスで自宅へ向かう途中、陽生は何度も心の中で祈った。

帰宅するや否や、陽生は食事をとることも忘れてテレビの前にくぎ付けになった。

「まさか！」

録画してあったＮＨＫも民放も、どのニュースの映像でも打球はポールの左側を通過していた。

打球とポールの間には50センチほどの間隔があり、ポールには一切触れていなかった。

では、あの時「軌跡が変わった」と見えたのは何だったのか。瞬きもせず、食い入るように見つめていたのに。

「完全なファウルですね」

「こんな重大なミスジャッジは、決して許されることではありません」

解説者たちは口々に陽生を糾弾している。

「で、大島監督のその後の容体は」

「ストレス性の急性胃腸炎と診断されて、まだ病院だそうです」

録画を見ながら、陽生の胃もキリキリと痛んだ。沙織が水を満たしたグラスを手渡してくれたが、それを口にしてさえ吐き気に襲われた。

録画の声を振り払うように、陽生は一度外に出た。夜空には心細そうに星が瞬いている。

この星空も、俺の目にはどこか違って見えているのだろうか。

いや……冷静に考えれば、あの打球は右打者が巻き込んで打ったためにドライブが掛かり、左にフックしていたのかもしれない。

その曲がり具合が、自分の目にはポールに触れたように見えた。もしも本当に当たっていれば、跳ね返るか下に落ちるはずだ。

もちろん、掠《かす》って軌道を変えることだって稀にはあるだろう。でも、そんなことは小数点以下のレアケース……。

玄関ドアを開けて、沙織が小声で言った。

「あなた、早く休まないと体に障りますよ」

翌日も同じカード。その試合で陽生は球審を務めることになっていた。

食卓についたものの食事は喉を通らず、横になっても眠気は一切訪れてこなかった。

体も神経もとことん疲れ果てているはずなのに……。

一睡もできず、神経が張り詰めたまま、陽生は翌朝を迎えた。普段は必ず目を通すスポーツ紙も、この日は目にする気が起きなかった。食欲は相変わらず消えたまま。せめてコーヒーに砂糖とミルクをたっぷり入れて、口に含んだ。

不意にテーブルの上に置いてあった携帯電話が振動した。発信者はパ・リーグ事務局長だった。

「今日は休養したほうがいいんじゃないですか。もしも、今夜の試合で何かあったら、我々としてもかばいきれませんよ」

かばいきれないとは、すなわちクビということ。自分は断崖絶壁の縁にまで追い込まれているのだと、陽生は改めて思い知らされた。

「とにかく、目の前の仕事を、まっとうします」

そう言って陽生は電話を終えた。沙織も、気配を察知して唇をかみしめている。

「今日が最後の試合になるかもしれない。けど、それならなおさら正々堂々立ち向かわなきゃ……。勝っても負けても、潔く結果を受け入れる。それが、俺にとっての野球だから」

陽生の目は、心なしか充血していた。

「はい」

沙織は震える声で返事をした。

第十四章　プライド

巨大な渦潮の中に放り込まれたようだった。

２０００（平成12）年６月21日の東京ドームは、前夜の大トラブルの余韻冷めやらず、怒りと熱気がさらにヒートアップしている。

「引っ込め玉崎！」

「お前なんか審判失格だ！」

容赦ない罵声を浴びながら、球審の定位置に向かって小走りに進むと、視界の片隅に一塁側ベンチが見えた。そこに、顔面蒼白の大島監督が控えている。大事な一戦の指揮を執るため、急遽病院から駆け付けたのだ。

「もしも、今夜の試合で何かあったら、我々としてもかばいきれませんよ」

パ・リーグ事務局長の電話の声が、陽生の耳にこだました。だが、どういう結果になろうと逃げずに立ち向かうしかないのだ。

丹田に力を込め、陽生はコールした。

「プレーボール！」

——この試合はＮＨＫのＢＳ放送で中継されていた。陽生の自宅では、沙織と２人の息子が身じろぎもせずにテレビ画面に見入っていた。

沙織の手の中では、鬼瓦のような沖の遺影も試合をにらみつけていた。

１回の表。１回の裏。２回の表。２回の裏……。

試合は、遅々として進まないように、沙織には感じられた。

「野球の神様、どうか今夜だけは、うちの人をお守りください」

——これ以上ないほど集中したせいか、陽生の耳には捕球音や打球音だけが響き、ヤジや怒号が次第に遠のいていった。

目の前に繰り広げられるプレーが、スローモーションのようにゆったりと流れていく。

およそ３時間後。ようやくその時が訪れた。

「ゲームセット！」

陽生がしゃがれた声で宣告した。くずおれそうになる膝をかろうじて踏ん張り、陽生は審判室に向かって歩いた。

ユニフォームを脱ぎ、シャワー室で汗を流しながら、ふと今日の試合は一体どちらが勝ったのか、スコアは何対何だったのか、まるで記憶に残っていないことに気が付いた。


「テレビでずっと見てたよ」

「親父、頑張ったね」

自宅の扉が開くと、2人の息子が代わる代わるねぎらってくれた。

「あなた、お疲れさま」

沙織が少し震える声で言った。

その途端、陽生の両膝から力が抜けた。

張りつめていた緊張の糸が切れた。両の目から、信じられないほどの涙があふれだした。

家族に、かわるがわる背中を撫でられて、陽生は子どものように泣きじゃくった。

翌日、かろうじて首の皮一枚つながったことを知った。連盟からクビを宣告されることは免れた。だが、月末に届いた翌月のシフト表が、冷徹な現実を突き付けていた。

一軍戦にあるはずの陽生の名前が一切消え、載っていたのは二軍戦のみだった。

「また振り出しに戻っちまった」

キッチンでコーヒーを淹れてくれる沙織にぽつりとつぶやいたが、冷静に考えてみれば振り出しどころの話ではなかった。

二軍には、明日の一軍デビューに燃える若手審判員がひしめいている。そこに、40代半ばの自分が放り込まれるのだ。

野球界は「力量が同等なら若手を使う」が、選手であれ審判員であれ、変わらぬ鉄則だ。その意味では、よほど差をつけないと陽生が再び浮上する目はない。

さらに厳しいのが年俸問題だ。審判員は選手と違って一度上がった年俸がダウンすることはない。陽生自身も、大した額ではないがデビュー当時に比べれば年俸は上がっている。そういうベテランが二軍にいれば、当然風当たりは強くなるし、リストラの対象にもなる。

そんな厳しい状況を跳ね返して、果たして自分は再び一軍に戻ることができるのか。

とにかく、どの若手より大きな声を張り上げて頑張るしかないのだ。

心に期して二軍戦の審判に臨んだ陽生だが、ふと心も体も冷めていくような瞬間に襲われることがあった。いい年したおっさんが、何を張りきっているのだと、周囲から冷ややかな目で見られているような気がしてならない。

「そんなことないですよ。玉崎さんて、去年なんかオールスターの塁審も務めたんでしょ。

憧れちゃいますよ」

20代前半の若手審判員が、あまりにも屈託のない笑顔でそう言ってくれる。それがかえって陽生のプライドを傷つけた。

自分の心の持ちようが、自分をむしばんでいる。それは痛いほどわかっている。だが、炎天下のデーゲーム。出場手当わずか2千円。一軍なら3万4千円支給されるのに……。

真っ黒に日焼けしながら、汗さえ出尽くしてようやく夕方を迎える。あれほど好きだった野球が、なぜか遠く感じられた。

「沖さん、俺はやっぱりどんくさい出来損ないのままでした。ロング アンド ワインディングロードは、どこにも通じていなかったんです……」


オールスター戦が開催される7月下旬、陽生は父親の墓参りを口実にして、1人プリウスを走らせて帰郷した。

ふるさとの山や川を見ても、陽生の心は癒されず、蝉時雨さえ耳障りに感じるほど心がすさんでいた。

夜、長兄と差し向かいで地酒を酌み交わした。父親が他界したのちガソリンスタンド経営を継いだ長兄は着実に売り上げを伸ばし、店舗を増やしている。その自信が体に満ちあふれていた。

「陽生、そろそろ野球に見切りをつけたほうがいいんじゃないのか」

長兄のあまりに単刀直入な物言いに、陽生はグッと詰まった。辛口の酒で喉を湿らすと、くぐもった声で返した。

「俺から野球を取ったら、何も残らない」

「お前は昔から元気だけが取り柄だった。だが、今はそれも消えちまっている」

「そんなことはない。もう一度、一軍にカムバックしてみせる。俺の舞台は二軍なんかじゃない。一軍なんだ」

「そのプライドが余計だと言ってるんだ」

長兄は陽生の言葉を遮った。

「はっきり言う。プライドじゃ飯は食えないぞ。２人の息子だって、これから学費とかかかる年頃じゃないか。沙織さんがどれだけ不安に思っているか、考えたことがあるのか」

一から十まで正論だ。言い返せない陽生に、長兄はさらに畳みかけてきた。

「こっちに戻ってこい。今なら俺が何とかしてやれる。どうだ。心を決める気はないか」

あの時――。ニッカンスポーツを脱サラさえしていなければ。我慢して販売局で勤め続けていれば、今頃は中間管理職ぐらいにはなっていたはずだ。そんな弱気が、陽生の胸にふとよぎった。

返すべき言葉が見つからずにうつむいていると、今日墓参りの後ふらりと訪れた母校の野球部の練習風景がふいに心に浮かんだ。

かつての陽生のように、ヘタクソだけれど真剣に白球を追う高校球児たち。その姿を思い出しているうちに、打ちひしがれた陽生の心に、違う空気が流れ込んできた。

「たしかに、吹けば飛ぶようなプライドかもしれない。でも、それをなくしたら、俺の人生はゼロになっちまう。だから、ラストチャンスと思ってもう一度トライする。二軍戦でナンバーワンの審判員になって、一軍復帰する。そのことを、今ここで兄貴に誓う」

フゥと、長兄が大きなため息をつき、それから陽生の盃に酒を注ぎながら言った。

「そこまで言うなら、そうしてみろ。ただし、今のお前の言葉をオヤジも聞いていたことを忘れるなよ」

鴨居の上から、遺影が静かに陽生を見下ろしていた。

第十五章　両親の血

東京に戻って、陽生が最初にやったのはバリカンで頭を丸めることだった。

「なんか、人相が悪くなったみたい」

「もとからさ」

自分の姿を鏡で見て、陽生は気恥ずかしさより、すがすがしさを感じた。

その夏、最も暑いといわれた日。デーゲームの二軍戦。陽生は今までで一番張りのある声で「プレーボール」を告げた。

帰郷を機に、陽生の心は決まった。もう二軍落ちを嘆いたりはしない。むしろ、いま一度自分を鍛え直すチャンスととらえることにした。

ここ数年の一軍暮らしで、多少なりとも気が緩んでいたことは否めない。昼間パチンコ三昧で過ごしたり、夜はかなりの深酒をしたり。それでも、なんとなくこのままやっていけそうな気がしていた。そのツケが、もっとも厳しい形で回ってきたのだ。

パチンコや深酒は断って、早朝ランニングを日課にした。湾岸まで走ると、喉を鍛えなおすために東京湾に向かって大声でコールの練習をした。寸暇を惜しんでルールブックをひもとき、再度頭に叩きこんだ。

そんな毎日を送りながら二軍戦に臨むのだが、それでも若手と肩を並べることの大変さを思い知らされた。なにしろ体のキレが違う。声の張りが違う。だが、おめおめと白旗を掲げるわけにはいかない。

こっちには若手にはない経験がある。もっとも、その大半は砂をかむような失敗の数々だが、それさえ貴重な財産に変換するのみだ。

とはいえ、猛暑の中の3時間。一瞬めまいに襲われ、立ち眩みしそうになった。だが、先にホームベースにうずくまるように突っ伏したのはキャッチャーだった。

「タイム！」

すぐに救急車を呼んだ。後に確認したところ、応急処置で大事には至らなかったという。

それにしても、若い二軍選手でさえ暑さにダウンする中、俺は果たしてやっていけるのだろうか。夜、ぼんやりと物思いにふけっていると、珍しく母親から電話が入った。

「こないだ、町内会の旅行で舞鶴に行ってきたんだよ」

唐突に、母親はそんな話をした。

「悪いけど俺、今日は疲れてるんだ」

陽生が電話を切ろうとしても、母親はお構いなしにしゃべり続けた。

「その時、引揚記念館に立ち寄ったのよ」

「引き揚げ……？」

仕方なく、陽生は母親の話に付き合うことにした。ただし携帯電話を手に持っているのさえだるく感じ、スピーカーフォンに設定してテーブルに置いた。

「お父さんも、この港に引き揚げて来たんだなと思ったら、涙が止まらなくなったのよ」

終戦の日を境に、シベリアに抑留された父親と離れ離れになった母親は、ソ連軍に追われながら旧満州から命からがら日本に帰ってきた。

長らく音信不通だった父親が突然、新潟の実家に帰ってきたのは終戦の2年4か月後。雪降る夜だった。その時の父親はガリガリに痩せて、まるで幽霊のようだったという話を、陽生は何度か母親から聞かされていた。

「これは、今まであんたに話したことなかったことだけど」と、母親が、一度言葉を切った。それから、おもむろに続けた。「実は、あんたは5人きょうだいなんだよ」。

5人……4人じゃないのか。

「一番上にお兄ちゃんがいたんだよ」

すると今まで長兄と思っていた兄は、次兄だったということか。

「その一番上のお兄ちゃんは、私が満州から逃げ帰る途中で、ろくにお乳も出ない乳首をくわえたまま息を引き取ったんだよ。1歳になるほんの少し前に」

そんなことが、あったなんて。

「私はお父さんに謝った。あの子を死なせてごめんなさいって、何度も何度も謝った」

帰還した喜びに浸る間もなく、父親は長男を失った悲しみも味わわなければならなかった。

あまりの苛烈さに、陽生は言葉を失った。

「それでも、お父さんは頑張ってくれた。行商から始めてガソリンスタンドをやるようになるまで……。最後はガンで天国に行っちゃったけど、でも、どんな辛い目にあっても一度も負けたことがなかったって私は思ってる」

一度も負けなかったのは、父親だけではない。母親もまた、耐え難い運命に耐えながら、それを微塵も感じさせない優しさで、子供たちを育て上げてくれたのだ。

「おふくろ、ありがとう。今までのこと全部」

気がつけば、陽生の両頬をとめどなく涙が流れ落ちていた。震える肩を、沙織が黙ってさすっていた。

自分の体には、あの両親の血が流れている。

ならば、負けるわけにはいかない。いや、負けるはずがない。母親からの電話があって以来、陽生はそう心で唱えながら夏を乗り越え、秋を過ごし、そして10月下旬を迎えた。

毎日郵便受けを確認し、もうこの日に届かなければ来年はクビを覚悟しなければならないと思い定めた末日。待望の書留が届いた。

「俺、来年も審判員を続けられる」

書留の中から来季の契約書を取り出し、テーブルに広げた。

「おめでとう」

沙織が、缶チューハイ二本とアタリメを用意してくれた。10月初旬で二軍戦は全日程を終了し、すでにオフに入っている。今日は心おきなく昼飲みできる。２人のささやかな宴会を、東京湾の向こうへとゆっくり傾く秋の陽が、照らしてくれた。

翌春、開幕当初こそ二軍戦を担当させられたが、6月に入るとおよそ1年ぶりに一軍復帰を許された。

第十六章　石ころ

ドン！

ライナーが陽生の腰を直撃した。激痛で倒れ込みそうになりながらも、どうにか踏ん張った。だが、肉体的な痛み以上に陽生を襲ったのは強烈な精神的ショックだった。

その試合、陽生は二塁塁審を務めていた。

通常二塁塁審は塁の外側にポジションを取ることになっているが、一塁にランナーが出ていたのでダイヤモンドの中に入ってハンズオンニーで身構えていた。

そこにライナーが飛んできた。球筋は見えていた。ひらりと躱《かわ》したはずだった。だが、体の反応より早くボールがぶつかっていたのだ。こんなことは審判人生29年で初めてのことだ。

ついに俺もヤキが回ったか。だが感傷に浸っている暇はない。ただちに「ボールデッド」を宣告した。打者にはヒットが与えられ、押し出される形で一塁走者は二塁に進んだ。

「冷静な処置でしたね」

試合終了後、一軍デビューしたばかりで、その試合の控え審判員を務めていた新人が感じ入ったように陽生に言った。

「当たり前のことをしただけだよ」

「でも、審判員は石ころ同然だから、ボールがぶつかってもそのままプレー続行だとか言う人いるじゃないですか」

「ああ、あれはランナーがいなくて二塁塁審が塁の外側にポジションしているときのこと」

「でも、今日は一塁ランナーがいたから、玉崎さんはダイヤモンドの内側にいた……」

1年ほど前のある試合で、今日と同じようなケースが発生した。陽生はその試合をテレビで見ていた。そのときボールデッドを宣告した審判員に対して、中継のアナウンサーと解説者が「石ころのはずなのにプレーを止めるとは何事だ」と、口を極めてののしった。

ことあろうに、野球に携わる仕事をしている人間が、そんなルールも知らないのかと呆れはてた。だが、それ以上に陽生の気持ちを逆なでしたのは、審判員を「石ころ」と言って憚らない彼らのメンタリティーだった。

「昔、アメリカに審判留学した時、最初に教えられた言葉は『ビー　リスペクテッド』。

尊敬される人間たれってことだった。そのために俺たちは日々研鑽し、プロとしての矜持《きょうじ》を胸に邁進している。なのに、なぜ石ころなんて言葉をぶつけられなきゃいけないのか」

新人審判員は深くうなずき、陽生にリスペクトのまなざしを向けた。だが、それでも陽生の腰の痛みと精神的ショックはまったく癒されなかった。

「沖さん、俺はやっぱり石ころだったのかもしれないです」

週明けの月曜日、陽生は久しぶりに沖の墓を訪れた。

「沖さんにだけは正直に言います。俺いま、ダルビッシュの球が怖いんです。球審をしていて内角高めをえぐる速球が来ると、思わず体がのけ反ってしまうんです。カットボールには目がついていかず、頭が動き、そのせいで視界がぶれてジャッジに自信がなくなってしまうんです。そのうえ、こないだの試合では塁審をやっていて打球をよけられず……」

陽生は、腰のあたりをさすりながら、なおも沖に愚痴をこぼした。

「しかも、その時の痛みが今も引かないんです。昔はファウルチップが手に当たって骨折しても、気合いで乗り越えました。ぎっくり腰がひどくなるとコルセットをギュウギュウに締め付け、座薬をぶち込んでマスクをかぶりました。でも、今度という今度は……」

年貢の納め時——心に、そんな言葉が浮かんだ。ちょうど、今年の誕生日が来れば55歳。審判員の定年である。

この世界に入り将来を嘱望されながら、精神的プレッシャーや、健康問題でどうしても続けられなくなった仲間も少なくない。

そんな中、曲がりなりにもここまでやってこられた。それなりに満足してもいいのかもしれない。だが、日本シリーズ出場という最大の目標は果たせていない。

まだ、諦めるわけにはいかない。でも、もう時間がない。今秋の日本シリーズに出場できなければ、そこまでの審判員だったという烙印とともにこの世界を去らなければならなくなる。

２０１０（平成22）年９月15日。この日、移動日に当たっていた陽生は、仙台のホテルに到着するといつものように荷ほどきをしていた。

明日からの三連戦でどうにか爪痕を残し、日本シリーズ出場へとつなげなければ……。

そんなことを考えていると不意に、スマホが震えた。画面表示はＮＰＢとなっている。

「玉崎陽生さんですね。お疲れ様です」

一拍置いた後、日本プロ野球機構（ＮＰＢ）の担当者は極めて事務的に言葉を続けた。

「正式通告は後日改めてということになりますが、審判員規約にある定年により、来季の契約は更新しないことになりました」

覚悟していなかったといえば嘘になる。だが、このタイミングで伝えられるとは。

陽生は平静を装い、「ご連絡ありがとうございました」と電話を切った。だが、内臓がごっそりえぐり取られたような喪失感に襲われた。

荷ほどきをそのままにして、陽生はホテルの外に出た。青葉城に向かって走り出した。

頭の中に、次々と過去の映像が浮かんでは消えた。プロで活躍していつかは自伝を出版するんだと、『玉崎陽生・白球に生きる』などと題したノートをつづっていた高校球児の頃。ドラフト指名を本気半分冗談半分で待っていた北大野球部時代。プロ野球担当記者を目指し、夢破れたニッカンスポーツの3年間。

そして、突然トライした審判員への道。沖の猛特訓。繰り返す退場劇。悪夢のミスジャッジ。それでもなお幸せと思えた日々。

本丸跡にたどり着くと、眼下には仙台の街が広がっていた。その時はじめて、両の目から涙がこぼれ落ちた。寂しさと悔しさが、ごちゃ混ぜになって陽生の心をかき乱した。

青葉城から街に戻ると、繁華街にはまぶしいほどのネオンがともっていた。裏通りにある、カウンターしかない焼き鳥屋の暖簾《のれん》をくぐり、いちばん端に座って生中をたのんだ。渇いた喉にビールを流し込んで大きく息を吐くと、尻ポケットに突っこんだままのスマホに手をやった。来季の更新がなくなったことを沙織に知らせなければ。

「ちょっと、電話してきます」

店主に断って店の外に出た。今一度スマホの画面に目をやると、そこに着信履歴が記録されていた。ＮＰＢからだった。

「すみません、お電話いただいていたのに、全く気付かなくて」

慌ててコールバックすると、電話口に出た事務員が、すぐに審判部長と代わった。

「実は玉崎さんを見込んで、お願いしたいことがあるんです。来季から、審判指導員を引き受けていただけませんか」

青天の霹靂とはこのことだ。俺みたいな石ころ審判員に、なぜ指導員の話がめぐってくるのか。

「何かの間違いじゃないんですか。私は17回に及ぶ退場宣告をしでかしたトラブル続きの札付き審判員ですよ。日本シリーズ出場歴もありませんし、ほかにも挙げればマイナスポイントだらけ……」

「だからこそ、君に頼みたいんです」

これまでセ・パで分かれていた審判部も、来年から統合される。それを機に、審判員の教育も一新したい。

「そこで、むしろマイナス経験を重ねてきた君に白羽の矢を立てたという次第です。もちろん、君を採用すべきかどうかは賛否両論でした。でも、順調にキャリアを重ねたエリート審判員とは一味も二味も違う指導員がいたっていい。いやむしろ、いるべきだ。君なら、若い人たちに伝えられることがたくさんあるに違いない。最終的に、我々の会議でもそういう結論に至りました。ですから、ぜひ」

スマホを持つ手が小刻みに震えた。あふれるほどの感謝と歓び。そして、あとから追いかけてくる覚悟。それらの思いが一気に陽生の体をつらぬいた。

「ありがとうございます。謹んでお受けします」

深々と一礼し、陽生は電話を終えた。そして夜の空を見上げた。

「沖さん、この俺が指導員だなんて……ちゃんちゃらおかしいと笑ってますか、それとも冗談じゃないと怒ってますか。とにかく見守っていてください。俺は誰よりも大きな声を張り上げて、頑張りますから」

第十七章　引退試合

来季の契約更新はないと知らされて言い知れぬショックを受け、その同じ日に指導員就任を要請されて驚きと感動を味わってから11日後。

9月26日の札幌ドームでのファイヤーズ対ライオネルズ戦が、陽生の引退試合となった。

その前日に札幌入りした陽生は、久しぶりに母校である北大を訪れた。足は自然と、ポプラ並木の奥にある野球場に向かう。そこで過ごした4年間に、青春時代の馬鹿馬鹿しくもかけがえのないすべてが詰まっている。

野球の本当の面白さを知り、寮友球友と語り明かし、時には激論を交わし、涙と笑いを分かち合い……そんなあれこれを二百通に及ぶ手紙にしたため、沙織に速達で送った。

「ここからすべてが始まり、そして最後の試合をこの札幌で終える。俺みたいなへっぽこ審判員にしては、出来過ぎじゃないか」

そんな感傷は、しかし長くは続かなかった。

夜、ホテルのベッドに横になると、持ち前のチキンハートが頭をもたげ、陽生を苦しめた。

というのも、この年のパ・リーグは空前絶後ともいうべき大混戦。この時点で首位はホークス、僅差の2位にライオネルズ、そして明日ドームで対戦するファイヤーズがオリオルズと同率で3位を争っている。

クライマックスシリーズ進出をかけて、両チームとも絶対に負けられない一戦。

そんな大切な試合でもしも痛恨のミスジャッジでもしでかしたら、プロ野球史に汚点を残すことになる。

自分の引退試合などと感傷に浸っている暇はない。とにかく今夜はしっかりと睡眠をとって明日に備えなければ。

だが深呼吸をしようが羊を数えようが、眠気がまったく訪れてくれず、ほぼ一睡もできないまま朝を迎えた。

「あなた、大丈夫ですか」

ツインベッドの隣から、沙織が様子をうかがうように言った。昨日同じ便で札幌入りしているのだが、陽生の気持ちを察して、例えば北大野球場には同行せず、適度な距離を置いて接してくれている。

「おはよう！」

努めて明るく大きな声で陽生は返事をした。

だが、前夜から続く差し込むような胃痛はおさまる気配はなく、バイキング形式の朝食も、さっぱりはかどらない。食後気晴らしに散歩に出ようとしても、外はあいにくの大雨。ホテルの部屋で悶々と過ごすしかない。そのうち胃ばかりか胸まで苦しくなってくる。

本当に今日で終わってしまうのか。その最後の試合は、どんな形で展開し、ゲームセットを迎えるのか。

「子供たちも予定どおり合流できるって、連絡が入りましたよ」

沙織が、携帯電話の画面から陽生に視線を移して言った。

そういえば、息子たちは今日の便で札幌入りする予定になっていた。家族４人で水入らずのランチ。そのために、陽生は勝手知ったるジンギスカンの店を予約していたのだった。

だが、そこでも胃痛と胸苦しさはおさまらず、それでも無理やり肉を口に運んで、水をがぶがぶと飲んだ。

夕方、札幌ドームに到着すると、沙織が陽生の両手をぎゅっと握った。

「お父さん、頑張ってね」

その手の温もりが体にしみこんだ。

今さら、カッコいいことをしようとしてもできるわけがない。一塁塁審としてさばく今日のジャッジが、俺の29年間のすべてなのだ。

試合開始5分前、審判団は1塁側ベンチ横にある扉を開いてフィールド内に入ることになっている。見上げると、立錐の余地もないほどの観客が詰めかけていた。

発表された人数はなんと4万2002人。

その中に陽生の家族がいた。北大野球部OBを中心に、「ありがとう玉崎審判員」の横断幕を掲げた私設応援団30人の姿もあった。

目が合うと、不意に熱いものが込み上げてくる。陽生は観客席に背を向け、フィールドに神経を注いだ。

球審が「プレーボール」を宣告する。

マウンド上でファイヤーズの外国人投手がモーションに入る。打席にはライオネルズの一番バッター栗山が打ち気満々で構えている。陽生の最後の試合が始まったのだ。

——4回表、フライがライトのファウル側に飛んだ。ファイヤーズの右翼手がフェンス際で好捕した。間近まで走ってそれを確認した陽生は、右こぶしを振り上げてアウトを宣告した。

歓声と嘆声に包まれる中、ライオネルズベンチから監督の渡辺が駆け寄ってきた。

「フェンスに当たってからキャッチしたから、アウトじゃなくてファウルでしょう」

「監督、私は誰よりも近くで見ていたので、ジャッジに間違いありません」

キッパリはねつけた陽生に、渡辺が苦笑を浮かべた。

「まぁ引退試合だから引き下がるけど……あとでビデオでちゃんと確認してくださいよ」

「もちろんです。次の試合に活かすためにも」

陽生と渡辺の間に、洒落が通じる者同士の一瞬の連帯感が生まれた。そしてすぐに真顔に戻ると、それぞれの持ち場に引き返した。

試合は一進一退。クライマックスシリーズ進出をかけて両チーム譲らず。

3対3で迎えた9回裏は1アウト、ランナー一、二塁。

ファイヤーズの五番打者糸井のバットが火を噴いた。打球はレフトフェンスを直撃した。

「あ、終わってしまった……」

ドームは大歓声に包まれ、ホームベースにかえってきたサヨナラの走者をチームメイトが手荒く祝福している。

そんなシーンを見ながら、陽生は1人、奇妙な静寂の中にいた。

「長い間、お疲れ様でした」

審判室に戻ろうとする陽生を、一塁側ベンチの横でファイヤーズの梨田監督が出迎えて、肩を抱いてくれた。

鼻の奥がツンとして、今にもこぼれ落ちそうな涙をこらえながら控室に入ると、この日の球審、二塁塁審、三塁塁審、控え審判の4人が、花束を持って待ち構えていた。最後の打球に4人全員がサインを記し、記念球として手渡してくれた。

「ありがとう。俺みたいな凡庸な審判員に、最後の最後まで。付き合ってくれて、本当に」

言葉が、途中からとぎれとぎれになり、ついには涙が堰を切ったようにあふれ出した。

もう、何も思い残すことはない。これで、悔いなくユニフォームを脱ぐことができる。

「玉崎さん、泣きすぎですって」

4人からそんな声をかけられるほど、陽生の号泣は続いていた。

「え……もう1試合ですか？」

札幌ドームでの引退試合から3日、千葉の自宅に戻って放心状態のような時間を過ごしていた陽生に、パ・リーグ事務局から驚きの電話が入った。

「はい。玉崎さんに審判をお願いしたいんです」

「ですが、もう引退試合も済んだことですし」

号泣もした。気持ちも切れた。

なのに、なぜ……？

「試合は10月1日、マリンスタジアムで行われるマローンズ対バイソンズの最終戦です。実は消化試合になることを見越して、若手審判員の起用を予定していたのですが」

パ・リーグの順位は9月を終わろうとしてなお確定していなかった。

10月1日の対バイソンズ戦でマローンズが勝てば3位、負ければファイヤーズが3位となって、その時点でようやくクライマックスシリーズ出場チームが決まる。

「そんな大一番を、若手に託すのは荷が重すぎる。そう判断して、大ベテランの玉崎さんにお願いしようということに」

「ありがたいお話ではあるんですが」

今さらのこのこ出ていくのは、なんとも気恥ずかしい。それに、せっかく出場が予定されていた若手審判員に対しても申し訳ない。

考える時間をいただけませんかと陽生はいったん電話を切り、沙織に目をやった。

沙織は電話の内容を説明される前から、すべてを察知していた。

「あなた、何をためらっているんですか。こんなチャンスをもう一度いただけるなんて、いくら感謝してもしきれないことですよ。札幌だけじゃなく、千葉や東京にも応援してくださる方が大勢いらっしゃるんですから。絶対引き受けるべきです！」

沙織の勢いに圧倒されながらも、この伴侶がいてくれたからこそ29年の山あり谷あり人生を乗り越えてこられたのだと、陽生はあらためて感謝をかみしめた。

陽生はすぐに審判部長に連絡して快諾を告げた。それから首都圏在住の友人知人にメールを次から次と送った。念のため、札幌ドームでの引退試合には仕事で来られなかった北大野球部同期の小野寺にも通知した。

「10月1日マリンスタジアム。三塁塁審として二度目の引退試合に臨みます！」

当日のマリンスタジアムは快晴に恵まれ、早い時間からファンが入場口に長蛇の列をなしていた。

午後6時15分、球審が試合開始を告げた。それは、陽生にとって1451回目の「プレーボール」だった。

試合は初回から点の取り合いとなり、7回を終わってバイソンズ3点、マローンズ5点。迎えた8回表、右投げ左打ちの坂口が、バイソンズ先頭バッターとして左の打席に立った。観客は声をからし、鳴り物を鳴らして応援している。

2ボール2ストライクとなり、マローンズの投手がキレのいいスライダーを投げ込んだ。左打席の坂口のバットが反応した。途中までスイングした時、食い込んできたボールが坂口の体に当たった。スイングなら三振、止めていればデッドボールで一塁に進める。

緊迫した試合の流れを左右しかねない局面に、球審が三塁塁審の陽生に確認を求めた。数あるジャッジの中で、ハーフスイングは特にデリケートな判定のひとつだ。だが陽生はバットを振り戻した坂口の姿に惑わされず、その直前の、バットとボールが交差した瞬間を目に焼き付けていた。

スッと膝を伸ばして上体を起こし、肘を肩より少し上に持ち上げ、腕は90度の角度を作り、こぶしを握りしめて陽生はコールした。

「スイング！」

打者の坂口は一瞬不満な表情を浮かべたが、渋々三振バッターアウトを受け入れた。

9回表、追いすがるバイソンズは1点返したものの最後のバッターが二塁ゴロ。セカンド井口からの送球がファーストミットに収まりゲームセット。マローンズが5対4で逃げきった。

「終わった。今度こそ、本当に終わってしまった」

陽生の全身が瘧《おこり》のように震えた。

スタンドからは、選手に送る声援に負けない大きさで、陽生に拍手とエールが送られた。帽子を取って観客席に深々と礼をすると、足元にポタポタと大粒の涙が落ちた。こんな熱い試合に、最後に立ち会わせてもらった幸せに、陽生は深く感謝した。

審判室に戻ると、マローンズ球団から大きな花束が用意されていた。その花束を受け取り、頬に伝う涙をどうにか拭い去ると、部屋の片隅に1人の男の姿を認めた。

「君は……」

それは、わずか数日前に解雇を通告された若手審判員だった。

「玉崎さんの最後のジャッジをどうしても見届けたくて」

センスもあれば体格もいい。将来は優秀な審判員になるだろうと、陽生はかねて彼に着目していた。だが、不運なめぐりあわせで、首脳陣から「無用」の烙印を押されてしまった若者だった。

「君は6年かけて二軍から一軍に這い上がってきた。でも、今シーズン開幕早々のトラブルで、その後一軍出場の機会を失った。けど腐ることもなく、毎日誰よりも早く二軍球場に足を運び、ブルペンで何千何万という投球に目を凝らし、判定の技術を磨いていた。そのことを、俺は知っている。そんな君には、もう一度チャンスが与えられるべきだと思っていた。俺は来シーズンから指導員になる。だから上層部に君の一軍復帰を訴えてみようと、考えていたんだ」

「そう言っていただけるだけで幸せです」

「すまない。結局力になれなくて……」

「いいえ。俺の7年間の審判員人生も無駄じゃないと思っています。だって、玉崎さんに出会えたんですから」

いつの間にか引退試合の涙が2人の別れの涙に変わり、肩を抱き合って泣き崩れた。

最終戦でクライマックスシリーズ進出を果たしたマローンズは、ファーストステージで

2位ライオネルズを退け、ファイナルステージでは1位ホーキーズを撃破して日本シリーズに進出した。

そこでも、セ・リーグ優勝チームのドラゴーズ相手に4勝2敗1分けとし、ついに〝史上最大の下克上〟をやってのけたのだった。

「あの時のお前のハーフスイングの判定が、もしもデッドボールだったら、こうはならなかったかも……。〝史上最大の下克上〟を演出したのは、お前だったのかもしれないな」

二度目の引退試合を見るために駆けつけてくれた北大野球部同期の小野寺だったが、その時は道庁の予算編成の繁忙期。とんぼ返りを余儀なくされ、陽生と杯を交わす時間もなかった。それを悔やんで、年末近くにもう一度上京し、新橋のおでん屋で陽生と向かい合っている。

「演出なんてとんでもない。俺はただ、ルールに従ってジャッジしただけだ」

小野寺の言葉を、陽生はあっさり退けた。

「それにしても、お前も審判員なんて因果な商売、29年間もよくやったな。きちんと仕事をしても誰にも褒めてもらえない。ミスすれば大バッシングを受ける。でも、その存在がなければ試合が始まらないし終わらない。歴史だって作れない」

「持ち上げたって、何も出ないぜ」

「バカ野郎。お前の慰労のために、わざわざ札幌から駆け付けたんだ。今夜はとことん俺におごらせろ」

店の片隅のテレビは、「激闘・史上最大の下克上」と銘打って、クライマックスシリーズから日本シリーズまでを振り返っていた。

選手や監督は何度もアップで映し出されたが、審判員にカメラがフォーカスすることはほとんどない。だが――。

「あ、今映った」

小野寺がテレビ画面を指さした。

ハーフスイングの判定を球審に求められ、大きなジェスチャーと声でジャッジする三塁塁審・玉崎陽生の姿が、ほんの一瞬。

そこには確かにあった。

あとがき

「中原さんと同じ北大出身で、プロ野球の審判員になったという珍しい経歴の方がいらっしゃいます。一度取材してみませんか」

そんな連絡をくれたのは旧知の広沢和哉カメラマン。2022年の秋のことでした。

私より6年後輩のその人の名は山崎夏生。北大文学部卒。プロ野球選手になることだけを夢見て青春時代を過ごし、その夢は叶いませんでしたが、スポーツ新聞社に就職。けれど、念願のプロ野球担当記者にはなれず。配属された販売局で悶々の日々。そんなある日、審判員という仕事があることに彼は気づいてしまったのです。

そこからは猪突猛進。ただ、予想をはるかに超える苦難が待ち構えていました。

そんな経緯が彼の著作（ノンフィクション）に紹介されています。

ですが、もっと深く知るために直接お会いしてインタビューを重ね、さらにはご自宅にうかがって夫人からもお話を聞かせていただきました。

会えば会うほど、山崎夏生という人物に魅了されました。

向こう見ずで、決してくじけない彼の人生を小説という形で表現し、多くの読者に届けたいと心がはやり、さっそく執筆にとりかかりました。

夫人を始め、彼の周りの人々の思いは、物語に深みを与えてくれました。

脱稿までおよそ一年。

「プロ野球審判員」という特殊な世界ならではの専門的な情報を精査するために、さらに数か月を要しました。その間、山崎夏生・かおるご夫妻には一方ならぬご尽力をいただきました。

表紙の写真は、広沢和哉カメラマンの渾身のショットです。

文芸社出版企画部と編集部の担当者には、作品をブラッシュアップするための貴重なご意見をいただきました。皆さんのお力添えに、感謝します。

最後に、いつも傍らにいて私を励ましてくれた妻の博子さんに、心からのありがとうを伝えたいと思います。

2024年11月

中原まこと

参考文献

『プロ野球審判　ジャッジの舞台裏』山崎夏生　北海道新聞社　２０１２年
『全球入魂！　プロ野球審判の真実』山崎夏生　北海道新聞社　２０２０年

著者プロフィール

中原 まこと（なかはら まこと）

1949年生まれ
北海道大学農学部卒
サラリーマン、塾講師を経て、『千里の道も』（大原一歩名義、ゴルフダイジェスト社）、『サラかん 日本一のサラリーマン』（講談社）などの漫画原作や、『いつかゴルフ日和に』（講談社）、『笑うなら日曜の午後に』（講談社）などの小説を執筆

プレーボール！ ～プロ野球審判員物語～

2025年１月15日　初版第１刷発行
2025年７月15日　初版第２刷発行

著　者　中原 まこと
発行者　瓜谷 綱延
発行所　株式会社文芸社
〒160-0022　東京都新宿区新宿1－10－1
電話　03-5369-3060（代表）
03-5369-2299（販売）

印刷所　株式会社フクイン

ISBN978-4-286-26152-2